诗
想
者

HI POEM

生　活　，　还　有　诗

语 言 繁 华

Language Prosperous

南 野　著

GUANGXI NORMAL UNIVERSITY PRESS
广西师范大学出版社
· 桂林 ·

语言繁华
Yuyan Fanhua

策 划 人/ 刘　春
责任编辑/ 郭　静
责任技编/ 王增元
装帧设计/ 唐秋萍

图书在版编目（CIP）数据

语言繁华 / 南野著. --桂林：广西师范大学出版社，2021.3
　　ISBN 978-7-5598-3584-0

　　Ⅰ．①语… Ⅱ．①南… Ⅲ．①诗集－中国－当代 Ⅳ．①I227

中国版本图书馆 CIP 数据核字（2021）第 009054 号

广西师范大学出版社出版发行
（广西桂林市五里店路 9 号　邮政编码：541004）
网址：http://www.bbtpress.com
出版人：黄轩庄
全国新华书店经销
广西民族印刷包装集团有限公司印刷
（南宁市高新区高新三路 1 号　邮政编码：530007）
开本：890 mm × 1 240 mm　1/32
印张：9.5　　字数：180 千
2021 年 3 月第 1 版　　2021 年 3 月第 1 次印刷
定价：59.00 元

南野，原名吴毅，生于浙江玉环，浙江传媒学院教授。20世纪80年代开始诗歌写作，中国新诗潮代表诗人之一。出版有诗集《纯粹与宁静》《在时间的前方》《时代幻象》，小说集《惊慌失措》，诗学文论集《新幻想主义论述》，理论著作《结构精神分析学的电影哲学话语》《西方影视美学》等，与人合编《中国先锋诗歌档案》等。曾获《上海文学》诗歌奖等奖项。作品被译为多种文字。现居杭州。

序

读南野近年的诗

程光炜

　　我与南野相识于湖北，那时我们各自在一所小大学教书，其时第三代诗歌运动方兴未艾，我们都是热衷这一思潮的圈中人。最早读南野作品，是在唐晓渡、王家新主编的《中国当代实验诗选》上，那上面，出现了于坚、韩东、欧阳江河、西川、海子、柏桦、翟永明等人的名字。我以为，南野是在这一阵容中的诗人，而且成就似乎不亚于各位。只是后来，其中一些人被冠以某某诗派，南野便有些放单。

　　他那时的作品，有如钻石，外表有力道，内在有品质，读后令人难忘。他那时就热衷于玄学、哲思，内心有着某种隐秘的生活，这与他藏于黑框眼镜后的面容，有某种能加以比对的默契感。二十世纪九十年代以来的诗人，大都走的是这种路子，例如欧阳江河的《傍晚穿过广场》、王家新的《瓦雷金诺叙事曲》等。九十年代，社会开始由八十年代的明朗向上走向茫然多元，看似社会在快速地进步，经济的发展即将进入快车道，人们生活的自由度大幅扩张。然而，告别传统社会步入现代社会，也令人在旧时代的门槛上茫然失措。这种精神状态，在当时具有普遍性。记得我在一所著名学府念书，大家议论的也是这些，所以读南野和同代人的作品，有一种感同身受的冲击力和亲和感。

九十年代末期，因为卷入一场无谓的论争，我渐渐淡出了诗坛。前两年在杭州与南野相遇，颇有他乡遇故知之感。我知道，他一定还在写诗，在冥想的境地里进行心灵的探寻。偶尔读一些近年的诗，尤其是年轻人的作品，感觉他们与九十年代南野、欧阳江河他们的玄想，似乎有了更大的距离。似乎更加虚无了，很难捕捉到与时代生活相对应的思想，而我始终以为，诗人是应该在时代生活中最为在场的一种人。未必一定要把日常生活的叙事刻成诗句，对号入座，但内在韵律，却能在更深处挖掘出时代的精神感受来。只是现在人们似乎越来越满足于虚无的感觉了。

南野来信，告我曰寄来他近年来的作品，看我能否写一点什么。我且写一点不成熟的东西，供这位老朋友批评罢。读了他一些作品，我感觉诗风上虽有很大变化，但与形成风格时期的定位，也有内在的联系。《老虎的残骸》有很结实的质感，但抽象的东西也贯穿其中，那是经过一番血淋淋的搏斗之后，留下的喘息，以及生命的状态。我喜欢读《是一些痕迹》这首诗，它轻轻掠过心头，勾起某种无以名状的心绪，这种心绪是难以付诸明确的文字的，只是轻轻一闪，就消失在很多人同质的生活中了。在现代社会，人们似乎更容易陷在一种私人生活当中。小说家和学者，都很难把它提炼整理成一个有价值指向的东西，而诗人，就可以借助三言两句，把它的某种重要侧面刻画出来，激起你的共鸣。我还喜欢《鸟群与繁花》。一个很舒服的下午，当事人无所事事地漫步校园，任由抓不住的心绪，在那里犹豫不决。

> 校园里是平静的，安全的
>
> 我焦躁地看着满树的繁花

南野愿意在作品中制造某种对立的张力，他起笔平淡从容，中间忽然起了波澜，或尖锐的情绪。这一起一伏的对立诗句，将一种预感暗示给读者，然后叙述者则悄悄退出，在一旁观察当事人的反应。现代诗歌，可能更接近于戏剧，编剧、演员和观众处在一种相互作用的状态之中，编剧好像愿意掌控形势，包括演员的重新创造，观众的极端反应，等等。然而实际上，这一切是相互作用的。我之所以比较喜欢这首诗，大概是感觉到作者的某些用意，但又被他所刻画的宁静感觉所吸引罢。

南野还有一些诗，倾向于在寂静当中暗留紧张，极为简洁的句子里面，隐藏着复杂的结构，例如《雨夜》。

> 植物由于惊恐开出花朵。极端之月份，大雨滂沱
> 一场雨在两个时间中下着
> 雨打湿衣物，湿濡河流与睡者梦境。星球一团湿
> 耳边有爱说大话的青蛙，手指佩戴金属石块
> 眼睛被深刻涂画

相较于《鸟群与繁花》，上面这首诗则更具有现代感。它让我想起在西班牙巴塞罗那一家艺术画廊里看到的毕加索的立体画。画面上的几个东西似乎好不搭界，各奔东西，力量也各自分散，然而把它们集中在一幅画里面，却又是一个整体。是一种立体中的整体。2018 年后，南野好像更愿意在这里面做文章了。不光是《雨夜》，《演绎》《消逝之地》《烟草与水手》等皆是如此。它们又回到了三十年前南野写诗时的冷静上面。不过那时，诗的形式起着更大的支撑作用，不像现在，其中那些各自存在的因素，在独自支撑着什么。南野有了一种更大的力量，很自然地就把它们挪动到了一起，由内部产生一种强烈的整体感。

我愿意再谈谈《速溶咖啡》这首诗：

我喝下今天的第五杯浅褐咖啡

第三次把汽车开出车库。马达的声音愈加柔和了

道路上覆满了松针。我对于所居住城市的幻觉

于梦魇的郊野停车，轮胎陷于云雾

听独枭的号叫及其翅羽的扑扇

一座大厦崩裂开出巨型花

诗人端坐在咖啡馆，思绪平静的外表下左奔右突。像一场风暴即将来临，但是在这个场面中，似乎一切都没有发生。咖啡在刺激着一切可能，只是喝咖啡的人们没有注意到自己身上的这种惊变。意识与潜意识就在诗作中激烈交锋，而在外观上，咖啡馆却寂静如常。

我渐渐明白南野为什么不再像九十年代那样，要与表面的时代割断联系。这种时代生活其实并不存在于诗人内心，它只是在电视上滚动重复。而独立的诗人，则在内心深处建立他自己的时代生活。这种生活也许各不相同，也激不起共鸣，但有所准备的读者，可凭借自己敏锐的感受力，与其对接、交锋、互动或背离。

我感觉小说家应该具有某种超越性的东西，而诗人，则应该更加接地气一些，让人辨认出生活面目，从具象捕捉到抽象。文学作品是一种高度凝练的艺术品，它立

体、丰富、具有层级感。我读到的南野近年来的诗，就是这种新鲜的艺术感受。

2020 年 6 月 1 日记于北京亚运村

目　录

卷 1　老虎的残骸（2014—2017）

■　书写幻象

004　老虎的残骸

005　寂静幻象

006　微弱的火

007　关于声音

008　时间之后

009　停　顿

010　两面涂画

012　穿越华丽之在

013　掩蔽好乌鸦

014　黑鸟之友

015　向城市致敬

016　紧张的状态

017　致谢黄昏

018　黑白表演

019　亡命之徒

020　熟习的危机

021　眼前物象

022　九行诗

023　听到了尖叫

024　未知行程

025　停车场手记

026　机器的凝望

027　是一些痕迹

028　一分钟暴雨

029　公牛奔逃

■　海岸与暴风

031　驰入黑暗

032　秋日来临

033　急切地愤怒

034　像一匹马

035　与树交谈

036　暴风雨之际

037　踩紧油门

038　沿河而行

039　天空的面目苍凉

040　昏睡的风暴

041　随风呜咽

■　严冬喜剧

043　梦及森林

044　整理书籍

045　另一种语法

047　病院练习曲

049　融雪时刻

050　时间的废墟

051　安静的羊群

052　辉芒和浑浊

053　你的轭呢

055　一些怪谈

056　局部争论

057　关于雷峰塔

058　汽车幽灵

059　春天的计谋

062　似蝉狂叫

■　锁链与耳环

064　　锁链与耳环

065　　猫的翅膀

066　　梦语墨色

067　　暂且喜悦

068　　时光猎物

069　　月光与月光

070　　鸟群与繁花

071　　事物凌乱

072　　车轮与器官

073　　休憩于密林

074　　闪电般书写

■　听爵士的虎

076　　疾患中的虎

079　　老虎的自由

083　　老虎的哀伤

086　　听爵士的虎

089　　与虎之握

090　　老虎的斑纹

092　　病中俳句

093　　之前的俳句

卷Ⅱ 黑猫公园（2017—2019）

100　　黑猫公园（1）

105　　黑猫公园（2）

110　　黑猫公园（3）

115　　黑猫公园（4）

121　　黑猫公园（5）

126　　黑猫公园（6）

132　　黑猫公园（7）

138　　黑猫公园（8）

144　　黑猫公园（9）

149　　黑猫公园（10）

154　　黑猫公园（11）

158　　黑猫公园（12）

卷Ⅲ 语言繁华（2018—2020）

165　　雨　夜

166　　乌鸦之语

167　　演　绎

168　　亦有慰藉

169　　消逝之地

171	烟草与水手
172	都市幻想症
173	为君奏演
175	握紧云雀
176	喘　息
177	苍　老
178	乘坐地铁
180	语言灰烬
181	影像奔驰
182	老鲑鱼
183	速溶咖啡
184	羊汤馆
185	通红落日
186	绘与窥
187	荒凉誓言
189	乌鸦学者
190	时间之慌乱
191	马名乌云
192	白色猫头鹰
193	自然本意
194	满屋木柴
195	雨雾冬日（1）
196	雨雾冬日（2）

197   雄狮日色

198   雄狮的修辞

200   语言维修员

201   语言编织程序

202   服用了药物

204   此在的火光

205   城市暮色

206   药片与失控

207   骨折乌鸦

208   时间无错

209   纪录对照

210   三段论式

212   停车北山街

213   重返故乡

214   逃亡物语

215   路口遭遇乌鸦

216   苍白之季

217   微风西湖

218   恐怖海岸

219   守望之典范

220   剧院路

221   行车雨中

222   镜子葵花

223　游荡的局面

225　螳螂物语

226　母兽花园

227　葬礼过后

228　圈中马

229　蓝调抒情（1）

230　蓝调抒情（2）

231　捕食图景

233　青灰色欲

234　猫湮没于语

235　优雅四月

237　燃火的五月

239　有所荫护处

240　乌鸦像一块黑布

附录　经典重读（2017）

243　T.S.艾略特《荒原》重读

269　继续特德·休斯的诗歌语象

283　后　记

老虎的残骸

（2014—2017）

"老虎的残骸"提示了当下生存的某种真实，
即失却自由、权利而又异常眩目的破溃状态。
它是自由想象的写照，
对生命原本空无的剧痛与繁荣描述。

书写幻象

一些事物进入想象是如此轻易

另一些又是那般谨慎犹豫

老虎的残骸

我想我逼近了一只老虎。它的牙齿断裂了

它的嘴张开，但没有吼叫

它的头颅炸开，其中的思想已成空洞。仿佛子弹扫过

它的身体破碎。我找不到那强健的四肢和长尾

产生疑惑。它像被鳄鱼在烂泥里撕开的那种巨兽

像一条狗被撞烂在街头，像甲虫被踩过

它的灿烂的外表有血肉模糊的绚丽与昏暗

像一个愤怒的孩子描绘的暴风景色

我联想到那些笔画缭乱的森林与乌云

这就是我深夜起床，于黑暗中撞上的一个景象

    我爆发出一阵激烈的嘶啸

    但全然没有声音

寂静幻象

深棕色的鹿，白色的尾在树林一闪而过
我发出讶异的呼喊。像风嘶哑的边缘撞在树枝
像那道裂缝：老虎的巨大身影出现
夜晚我在卧室的墙边
似乎梦醒的瞬间，望及老虎具有裂痕的图像

我们越来越陌生了。我盯着镜子中那张面孔
如一只猛兽在湖边准备畅饮而犹疑的一刻
重复的次数太多。以至于感伤而失去警觉
随后我看到老虎的脚掌挥击在岩石，血肉飞溅起
暴躁的咆哮被狂风荡净

老虎不理会鹿之思。它扑击的步伐坚决无声
老虎亦不寻求敬爱
老虎的死亡就是死亡本身
森林喧闹起来而更辽阔的寂静已然开始

微弱的火

平庸时代的黑暗如一个空洞
老虎的噩梦如旗帜舒卷

我开始思考，同时在人工种植的林间迷路
这是从未有过的状况。我竟踟蹰不前
仿佛一直在莽原做无谓的瞭望
对捕食公牛与麋鹿已经失去兴趣
老虎红色的舌头在曝光中暴露了一下，像微弱的火
它沉浸幻象中。回忆起丧失的牙和具有斑纹的毛皮

我亦设想未知的欢乐。风静止着连同心脏
与破败的老虎对望
我似在斑驳的雪地里发声狂笑，一点也克制不住
我损害了自己

你好，（燃烧尽的）黑暗！我对老虎说
我以为看到百万朵雪花飞舞

关于声音

我逮住一只喧叫的飞鸟（像那些泄漏的石油）

我有些生气。对这个世界我暂且不做评判

我未能如五彩的小鸟鸣叫个不停

或者我确曾呼吼，声嘶力竭。发音的器官被挥霍

　　接近于失效

我牵着这么小型的狗，几乎像兔子一样大

我牵引着沉闷的吼叫声，已经变得尖细了

音调破裂，朝不同的方向爆破

像雪球在地面湮灭，死掉

或者我拒绝以栖居之地的言语发声

所以允许我掩上窗幕，进一步地独处

允许我获取某个白昼的沉寂

远方芦花散尽

那个世界没有声音。我不能循声寻去

时间之后

蝇翅般的阳光。一只挤在墙缝里的蜘蛛想
但它向缝隙里沉落得更深，展开了肢体
阳光公平地照耀就像暴风无选择地肆虐
暗淡的黄金颜色涂抹了整个黎明

那是老虎铺展的毛皮
时间溃散的言语。我可以继续安睡了

绵羊死了。羊皮铺垫在窗台上
我坐在冰彻入骨的日色里。背后山林如画
前面是幽深自语的海洋，一如老虎的丽梦
岩石是柔软的。像鲸的浮游
未曾去触摸的时刻
　　我需要对事物漫不经心

停　顿

吞噬城市的雾越来越浓，爬越过了楼顶
一直到中午。一个人在回想他滞重的一生
像巨型卡车轧过道路，带着肮脏的车轮一路疾奔
打满补丁的街道，汽车磨损的轮子颠簸起伏
而那一些人影盘踞于精致昂贵房间。奢华的消费彩图

阴霾的城市。凝望着浓雾中的湖水，我察觉到了寒意
风亦跌跌撞撞地前进。可就像那座山岭突然降临
　　另有一些事由把我引向有荫护的处所
这时看到了漫天飞旋的鸟群
在云海中沉没的瞬间

两面涂画

那个孩子在画画。画上的鱼脱离了海洋

具有装饰的风格。如一个预言

那个孩子傍晚时分被一辆公交车带走

被判定为失踪。他从不言语

他消失已久。他仰头呆望楼顶，目光凝聚

他在奔逃。那孩子在逃走，狂奔而去

他像一个引领者。他暴露了恐惧

他埋头书写。我居住于草庄，简朴的公寓

他害怕醉酒。沉醉，被具体的事物迷惑

他低头而行。我的脸埋在阴影里

内心有过多怜悯。丧失着一切却依然活着

冷酷与美皆是局部。我涂画着

一个女孩安静地坐着，她想象着

盘子里的苹果被取走一只

一朵花在其他枯萎的花旁边开放

在战场上一个人杀死另一个人。一颗星陨落

一条鱼胜利地冲向上游

眼前这个世界可以被认为是一座庭院的一角

某一夜晚我经过一个城市，惊鸿一瞥

那个女孩割破着自己的血管

穿越华丽之在

世界已如此平常。像这些骸骨所在之处
已经发生的毁灭是唯一可吃惊的状态
那一种摧毁之后就没有再需要绝灭之物

"我如此僵硬和茫然"[1]，在穿越这稠密的华丽存在
四处泥泞是我的想象。实际上街道宽阔
或许得思索某些人的欢快与另一些人的悲愁
我停留在想象的边缘，倾听熟悉的可笑的喧闹

那些无望的人努力装饰了自己
又仿佛一群多彩的鹦鹉争先恐后地叫喊着
像热带雨林盛大的背景中。我拖曳着步伐行进此域
像那个侦探，"我陷入了极度抑郁"[2]
我迫切需要隔开一段距离来看待很多事

---

1 出自美剧《汉尼拔》第二季。

2 〔美〕托马斯·哈里斯：《红龙》，赵昆译，译林出版社，2013。

掩蔽好乌鸦

一个熟悉的季节返回了

我惶恐地等待着。无法装出积极参与的样子

另一些人却可以。我的漫步一直孤独，前途莫测

仿佛潜行的船只紧紧怀抱撞成粉身碎骨的畏惧

马达轰动像患上热病。在我睡眠的时间里

雷暴和云经过，阳光的马经过

梦境一片迷茫。我发烧了，幻见出现

我准备讽刺这个世界一次

我选择了一些词语

未及开口。这些语词的锋芒使我惊讶

没有规则，像破碎的玻璃

现在我和他人的领域具有了共性

对于居所，我像一只猫冷暖自知

或者在此刻掩蔽好某一夜晚的雪地乌鸦

黑鸟之友

我把一只黑色的鸟视为朋友
我打开窗户时发现了它。灰色之晨明亮起来
那苍老的面孔开始俯视。鸟的翎羽更黑暗了
我的头发日益松软。就像一些下午时的心境
我依然会困倦。对春天敏感
像远方国度的寒鸦摔落一两支黑翎

我想说这就是 2015 年春天剩余的时光了
高速公路隔离带边一条狗在犹豫。我飞驰而过

向城市致敬

有一个人杳无音信。这是经常发生的事
后来他重新露面了。可谁在乎呢
一些人匍匐于地，另一些人悬浮半空
仿佛暴风到达时植株造型的分类。
这期间一只宠物鹦鹉的失踪引起了轰动。确切的故事
它延续了一个小时

红色月季接连开放，欲望如此普遍
唯有与人有关的动机被掩盖或修饰
向给予庇护又隐蔽了我们的城市致敬

紧张的状态

一个精神病患者表示看到了世界的尽头
他指的是时间的终点
春暖时刻，人们去了墓地。可仍然很愉快

这个人停留机场。是迎接还是离去
在浓雾里某类鸟群飞越。同样的景态
灰褐色的河流在左边。右面是沉默的房屋
我知道我是在驱车远去。而内心并未坚信

我们现在有了 14 岁的坠楼者和更年少的凶手
匕首是凶器吗。或者石块。得考虑某些因素
这个区域常现额外的死亡
我们表示着惊讶和惋惜。尚有一丝疑虑

我们在房间里看电视，剥开橘子
感觉到天际阴沉下来。暴雨的季节隆重来临
有一部分人陷入紧张状态

致谢黄昏

黄昏，我得向你表示由衷的谢意
事物间的差别被逐渐淹没。随后是事物本身
我想，领会与承受黑暗就是诗意地生活
深入其中而消失之刻。仍保留着知觉

黑白表演

准备好猎杀鲨鱼了吗。或者准备好睡眠了
不是钓一条快乐的鳟鱼，不是捕捉名贵蝴蝶
需要睡得更为深沉。沉入那无法探触到底的汪洋

雷暴制造了另外一张天幕。闪电给予灯光的效果
这之下是无声的黑白表演
这些终将一无所获的悲惨的演员
我们在观看着自己。戏剧中接近了荒诞的崇高之刻
我要把酒瓶塞入裤兜里走上街头。在高架桥底睡眠
整个上午盘踞于公园的长凳
阅读拉康与福柯。我虚构了自由

亡命之徒

鹧鸪慵懒的啼鸣近在咫尺，时而又退远
春天上午隐秘的能指使人沉醉。这时刻生存产生疏忽
我被人敲击脑袋，倒下，手脚遭捆绑
超越预计的伤害莅临拜访。这并非想象

那只鸟飞得那样笨拙
空间已然凝固。我站立在黄昏的一隅，动弹不得
咕咕。几乎坠落的鸟儿唱道，如此空虚

如此询问：小鸟为何坠落在道路旁边
一个如鸟儿歌唱的人已成为亡命之徒

熟习的危机

如此熟悉被追逐捕猎的危机
像最后一头犀牛。像那些负重的卡车
高楼林立的半空间飘荡着古老猎人的恶臭

走廊里爆发出令人惊异的欢乐笑声
对于沉郁的内心这无疑如枪弹的爆裂
我转眼看到窗外，那里群山连绵，夕阳与雨雾交替
无法挽留那般疾驰的身影
但有一些目光从思维的边沿绕过去
就像蝴蝶经过蛛网旁边。所有的藤蔓与花注视着

一阵风都能把我的憎恨吹去，像拂去椋鸟群
留下的是死寂的田园

该是让某些人付出代价的时候了
一个人如此考虑着。警车烁闪经过了路口

眼前物象

沙尘在暴雨前袭击了街道。兴致勃勃的步骤

我得把忧虑掩盖起来

我注视着天际逐渐暗下来。但不是每一天

瓜果们蜿蜒成长。但有一部分以抗议的姿态枯萎

那是我收藏的临街店面的美丽女孩和笑容

我把这看作无与伦比

就这个世界眼下的存在来说

不知大脑为何保存了我未曾阅历的景象

掩去已无法令人吃惊的世事。仿佛梦境所提供

那些女人的眼睛化了浓妆

如此深邃，美丽仅是附加的成分

她们涂画出某种经历

或者她们的眼睛像经过灰白墙头的黑猫

我记录了梦中的光影，并与眼前物象逐一对照

快乐随风而去。忧伤永存

九行诗

天空的蓝色虚假，在黑夜中隐匿的意念如此强烈
此人进入动物园感受困境，被老虎昏睡的状态震撼
河马鳄鱼全都静止着发呆，狼的嚎叫也如黄昏慵倦

当意识到在思想上退无可退，某种程度陷入了哀愁
生活的外表尽皆如此。而海的波浪翻滚漠视所有观望
此刻大雨亦袭来城市充塞江河腥气，令人有稍许苦闷

我在玻璃墙内领受此惊雷，忽而有淹没至死的窒闷
身体的静寂与内心的激狂这般映照，构为荒谬处境
我尝试着狂躁踱步像动物园的物景。手指翻动了书页

听到了尖叫

如脱逃的杀手行走于沉寂这片禁地
我吹去蛛网上飞蛾的枯干尸体
某种力量的痕迹显现出来。我发现角色已经调换
感觉由于惊恐而蜷曲
太多沉闷的规则
经过马路时一辆轿车闯红灯而去。我听到了尖叫
我没有停步。我的目光扫过一张美丽面孔
我收起视线。生存的谋略尽皆如此

我的脸色苍白，但现在好了许多
我和某一个时刻取得了一致
从该死到狗屎。我对此地域的态度在转变
我想我在变得笑容可掬，几乎无须面具

未知行程

扫地机器人结束工作。芦荟疯长，雨季在拖延
我清洗了数日积聚的脏衣物
自制午餐的面汤内有牛肉块和葫芦切片
窗外传来钢铁坠地之声。汽车的呛咳

街道，房屋，无目标的行人，任何时间
烦躁但未及悲伤。惊叫而后寂静
微笑，沐浴，上床，沉默与想念或者仍在飞翔
在勃起。我似乎在描述着当下
另一方面，阴郁的山峰与不言的河流。未知行程
现在该决定去往何方
眼前高速公路已伸向未可辨识之境
车辆尽皆消失无踪。那就是幽暗之区
　　　　低语着"进入"

停车场手记

"醒来的时候会……"我听到催眠者言

我期待着让银杏的枝叶抚慰感官

我不知道一棵树对另一棵树怀有仇恨

我盯着书本，文字构成的场地。视觉的周围是树林

这样子有多久

我使用着铅笔。书写下的能够被擦掉

如在地铁车厢里孤立于陌生人群的效果

如在黑暗中尝试隐蔽。甚至如果死亡不是那么历险

那样可怖的幻景。就是像一次散步

（驱车到坟地，再朝回拐）

　　更多的人会走过去

此刻一条棕色小狗孤单地走过停车场

一群乌鸫麻雀紧张地喧叫起来

某些隐藏已久的叙事被雨水冲刷而出

机器的凝望

墓园像是一个愚笨的去处。我想

被装饰得如此平庸

难以相信此处掩藏着巨大的黑暗

我面向外围的桉树林：浓重气味从未像此刻这样凝结

我的呼吸不可控地急促了起来

像有斑点的鲈鱼搁置于河滩张着嘴

我朦胧看到水面上天空。一时间如此无望

并且此时街道上粗劣的叫卖声在加入静谧

人类的黑夜变得更黑

我"不是由你们的死亡来明确定义

但由你们的生来廓清界线"[1]

---

1 ［美］丹尼尔·威尔森：《机器人启示录》，陈通友译，上海文艺出版社，
2015。

是一些痕迹

这里很静，是吧。我这样想就说了出来

我可能经过了另外的场所

我眼前杂色人群拥挤。我听到了沸腾的人声之外

那样的叹息。那并非声调，亦无词语

近似于书写的摩擦。它穿越了时间

那状态零散无章，是一些痕迹

我不能辨别那一处的天空和飞鸟。不能辨识那个人

　　可能他伏案而书

秋虫在他的室外胡乱鸣叫。相似的场景

如今我们闹哄哄的，拥挤于此处

我走到窗边，循着一连串话语去寻找言语者

巨型樟树的枝叶繁密。我一无所见

我亦无法描述在时间中到达的处所

人们终究安静下来，无话可说

像他们所居住的建筑

一分钟暴雨

某个下午我看见一些死鸟悬挂在高压电线上

羽毛和喙和水流都像黑夜一样黑

我经历了一分钟的暴雨

巨大的雨滴仍然停留在车前窗上

继而一团鸟粪像色彩斑斓的落叶飘然而至。我如梦初醒

或许我们一时达成了谅解，自然和我

公牛奔逃

把身体放置在白色背景前。如飞机航行于蓝天

一路轰响，无人倾听

无助的自由犹若无意识之旅

我是这一头张扬奔逃的公牛。可以保持自由三个小时

我跨越过硬木栅栏的时候，一只绵羊正注视着

　　而这个人自称是失明的老虎

海岸与暴风

那昏暗的物奋飞来。身下是她所编织的沉沉幕布

观察者在一旁呻吟

驰入黑暗

我靠近墨汁一样翻滚的大海
黄昏的海岸线阴影浓重,观望者被吞噬进去
那些白色的飞鸟像闪耀的火炬
这只是瞬间的幻觉。它们像被随意涂鸦在半空
我努力判断着。我的身影几乎消亡

我期望着沿着幽暗的海岸奔驰
一直驶入黑暗。已然消失而感觉着狂驰的恐惧

我知道我的欲望此刻在变得低沉
它极力沉默下来。它像另外一些深颜色的鸟类
融入逐渐暗黑的天幕
　　来吧我们喝一杯咖啡,同时交谈
　　我对空无说

秋日来临

仿佛海浪卷去了夏天。海岸升腾起暴风
继而向凝固已久的陆地上空推进
疾驰的高速列车也被拥向一边
我听到了鲸鱼的欢叫，近在咫尺

而如果我不能思考，如树木随风呼啸
不能在大风中缄默。我在浪费空气吗
这真是最糟糕的想法了
我听到远方马匹打起了惊恐的响鼻
空气中真实地传来汽车发动机的爆裂声

夜晚乌黑的河水在眼前起伏
预示着深沉不可知的未来时刻
我迷醉的永恒的秋日已来临

急切地愤怒

我站立在黑灰色的别克车旁边

试图从这座城市的一边向外遥望透视

为何此处田野这般丑陋，到处难看的房屋和垃圾

浑浊的河流像巨蛇仓皇而离去

我身后有狂乱的脚步正涌过斑马线

我继而驾车驶向街道陌生的一端

怀着惴惴不安之心，继而滋生出急切的怒气

可秋天里需要把鸟巢放回原处

阴郁而广阔的所在

像一匹马

外面阴云压城，房间明亮华美。我蜷缩其中
黄昏时分我装作饮酒消愁
我眼前已是无边大地与烟雨迷蒙

随后我独自孤单地上床，在睡眠前长久阅读
可一匹马呢，它在草原上站立着栖息
它身于草原梦见草原

我想我得如一头狮子一样思考
同时像一匹马一样衰老沉默

与树交谈

大地阴沉着图画树林、莽原以及城市的轮廓

红枫树在大风中摇曳呐喊

响应一种呼声。他的号叫像受伤的兽

由于失去所爱的绝望

他在镜子里再也不能照见自己

而我犹在长久地交谈。和某棵树木

那是一棵具有独特植物风度的孤独乔木

我用尽全部的话语表达

树的全部的枝叶此刻无声无息。即使仍然有风吹过

城市的繁杂上空已复明朗

暴风雨之际

高速公路被自然的迷茫笼罩之上午
房屋外充满十月的来自远洋的飓风

我听到了，但没有起身
我埋首书桌，沉浸于幻念

强壮的马匹在大雨中发抖，于闪电间狂奔，漫无日的
生存的惧意弥漫荒野。以及痛苦中的快感和激奋

所有雨幕里穿行的汽车灯光同样颤抖着
往日坚固的光线破碎零散。巨型卡车亦不例外

踩紧油门

一个具有虐待倾向的春日早晨
在汽车里听音乐的慵懒时刻。想到生存之虚无
如于温暖的空虚笼罩下的生活延续，流浪般舒适
眼前场景宏阔的峡谷缓缓展开着
汽车的轮子急速转动了。它将遵循此图驰去
像猛兽朝某个方向猛冲。或也许像某些动物的逃窜
像其构成的洪流。显然我已感觉到内部的惊慌失措
我持续地踩着油门
我是我们之间的默契

一切都在原地踏步。高耸的建筑上空依旧雾霾
一架空客机翼在搅乱那些微粒，发出缭乱的光芒
它在降落。满载那些暂且沉默的天上来客
我感到了城市的紧张程度。事情没有改变

沿河而行

阔大的河流于钢筋水泥的堤岸间沉着奔越
展现时间无以界定的暗淡面目。无视高居者的俯瞰
行人们同样匆匆而过，无暇停留
欲望与身躯构造的无数灯光和阴影

豪华轿车与电动自行车碰撞发出巨大响声
一个需要更换心脏的人在期待他者死亡
更多的人精确打扮经过某个伪装的乞丐
城市与大河犹若工业与自然交媾，壮阔与纷乱的繁华

我在沿河的大街上行走，靠着阴影的一边
看望对面亮光中的人群，感觉到急速的沉落
或许在沉没的过程中回望到卷曲的天空

天空的面目苍凉

暴风刮过的天空面目苍凉，显露出严肃神情
一部分茅草在干枯，发出这个季节的最后呻吟
这世界当然不是病床上的少女

乌鸦就是乌鸦，啄起面包屑飞向暮色。猫头鹰亦是
在夜幕中冲出森林，在浓稠的郊区田野上空挥动翅膀
而我考虑着这之间的关联。陷入妄想

我把汽车停进近郊树林的暗影，而后走到苍白阳光下
（我的一部分仍沉浸在黑暗中，永远）
我抗拒地眯起眼睛。但有片刻的欢乐

我像猫头鹰那样果断。我是在冷酷地捕食么
我内心并无疼痛，但有忧伤

昏睡的风暴

你安静下来像疲倦的暴风

但也许只是像一幢熄灯的公寓

所有的经历暂且如书本合上。睡眠也罢苍老也罢

沉入昏暗内心变得柔软,像天空一再压低的云团

这便是昏睡的风暴。人们匆忙向家中赶去

某方面的畏惧如此明显。这些人如此年轻

也有老人与孩子,跌撞着几乎在奔逃

这些都不能打破那种寂静。只是在静寂中展开纷乱画面

树枝上小鸟警觉起来

那样细小的心脏都感觉到

随风呜咽

总在窗口张望

总在不够明晰的一边。像一匹黑马的苦痛的眼眸

又像另一匹白色马鬃毛飘扬后的倒伏与安息

秋天遥远。仿佛一千年前

这一支芦苇和那一支芦苇,随风呜咽

没有开始,但有记忆

当进入无所见的漫长旅程之前

黑夜就是目的。它就是完成的力量

但这不会被意识到。那是纯白水鸟从目际划过的远景

其下的蒲草群体摇摆不停

时间在,不在。主体的困惑。事情就是这样

唯有言词无法结束。无际海洋的无数槐花

严冬喜剧

雨雪霏霏是存在的哭号

无以慰藉

我已着严冬的装束

梦及森林

开始我梦见空洞的芦苇与一湖冰水

冬天漫步在我的房间编织图像。我似初次被惊醒

通过窗户的黑暗望向更加黑沉沉的永恒阴影

我并无惧恐。事与物的配置如此合理

眼前出现的森林这般熟悉与荒凉

"至少我不曾梦到过公牛"[1]

---

1 ［瑞典］亨宁·曼凯尔：《无面杀手》，聂婷译，新星出版社，2014。

整理书籍

老虎的漫长晚年开始。也许只是数月
也许一直延续多年
它的行走更加谨慎，同时漫不经心。闻之者心寒
血流凝固。谁会在黄昏时刻与一只老虎相遇

二者间的空气由于压缩而颤抖不已
那发黄的虎牙显露了一会，仿佛是困倦
在发怒的过程中肆意坦陈。亦犹若存在本身之微笑

老虎没有呼吼。我们持久对峙
或者是我回身整理了书籍，它们散乱堆积已久

另一种语法

弹奏无可弹奏的乐曲，书写不能书写的存在
这不可能的时刻。有那么多船只拥至
屋外大雨倾盆。我坐立不安，往事身影浮现
但无从辨别虚构与真实
从一个城市彷徨至另一个城市
空间上的迁移有飞鸟规避死亡的快感与疲惫

山岭间似乎有更浓郁的投影，内心被捕捉
我企望俯视一架飞机在云层上的确切身形
巨大灰暗的机体时而有光点闪耀
事实是我在高速公路上不断地驶入雾区
我打开了所有的灯光，断续地咳嗽着
这又是相似的一种情况。给予迎面的痛击

试图以不言对抗语言的规则，当然不能取胜
但也许有另一种语法。自由在于自由的意志
思想不制造意义，并且其目标也不为所谓胜利
犹若无所顾忌地躺在公共长椅上，身体发臭

饥饿造成的腹痛仍然像往日的感受

但已然如长风舒缓

病院练习曲

旅途沉寂。发出狂吼的结果是什么
爆炸不会使我吃惊。那个士兵刚才还在说话
他有所怀想的言语已镌刻于虚空
老者在学习片刻的静默。如陡峭河道中大嘴的鲑鱼
这是必要的遗忘程式。短促的生存须配合低沉的语调
相对于婴儿的无畏哭闹和孩童时刻的任性拒绝

我曾经有过一次练习。躯体被推行于彼长廊
白衣的护士微笑相伴。庭院里草木芬芳
其时某些姿态具有了某些含义。病院只是一种图案
被动实现惊慌无措的途径。所谓旅途
我听见那些健康的人都笑了。院墙外汽车鱼贯而过
我听见流浪猫的徘徊。它们的内心相当于它们的脚步

我躺卧在某家医院的病床上
金色阳光照落于一片凌乱的白色床单
（黑夜里会是怎样的光束将树影投射于疾患中深眠之躯）
我尚且能够流血与疼痛。喃喃自语绝无祈求谅解

我很久未能看见自己。即使我坐下就餐

面前是炸青鱼和番茄。红酒与手枪。书本与坦克

皆为虚妄的指证

融雪时刻

所有的记号都已湮没。空中飘浮起一层雾气
涂写着一种迷茫。故乡无从辨别
形若无声的快乐和惊惧
相对于色彩的豪华，或将之作为对遗失的哀悼

残雪是内心剧痛的能指
忽而感觉身体的肢端趋于僵硬。词语在变得肮脏

时间的废墟

贼鸥翻飞仿佛向相反的方向而去。人们拥集下方
美少女驾驶着巨型悍马，她的面容安然自若
未曾感觉存在的苍老。她无须观察，所见愈加清澈

此时有人在穿越城市的河流垂钓等候
有人欲见证这一接近永久思索的行为
或选择报警。将之指认为构造遗忘甚或湮灭的方式

楼宇持续高耸绵延成此喜剧的坚固背景
色泽蔚蓝而沉着，在潮湿空气中显出阴郁冷峻
如此时间废墟，关于未来的记忆逐渐明晰

电梯犹在往日荣光中运行
我已踏上钢筋裸露的台阶

安静的羊群

多有阅历的阳光在冰冷的空气中无声颤抖
高屋围绕的湖面在寂静中静寂下去
芦苇已死。栖息的鹭鸟并未知觉

裸露的皮肤刺痛。但不是由于寒冷
身体防御了外部的力量，对另一个方向失去警惕
某处一辆老吉普停下来，喘息着仿佛病患

远方肥胖的羊群拥过山岗，它们的毛皮已被污染
安静的眼睛垂挂在脸上
我以为这不是梦境。我不该在这里

墙面上爬起无数蜘蛛，仿佛一场恐怖电影开始
两个小时足够感受悲哀荒谬的生命
放缓呼吸。我想到海面就在窗户左边

冬天我们围火而坐，操练原始的方法
我们集中于广场，依赖着灯光辉煌
我们的肢体松软。内心已然崩溃

辉芒和浑浊

队伍像浓雾流过街道，暗影蠕动
那就是天空呆滞的神情吗。它瞰望光影杂乱的工业
满目烟灰。就像一匹骏马疾病中的眼睛烦躁地注视着
映出日久累积的辉芒和浑浊

深夜运垃圾车队冲出城市，那依然是自由流浪者居所
丛林规则，暴力相向，击毁虚伪与其尊严
我犹在睡梦中彷徨于陌生庭院。有花如灯闪烁
我似跋涉过沼泽泥地，脚步如醉
我想我断续听到了那沉闷嚣张的集装箱卡车声响
甚至顺应着此种节奏。令人不安的处境

你的轭呢

如果太阳照耀着一头牲畜在快活吃草

物质暧昧地转化，让生存的忧虑继续

这就是重大的事件被隐藏的状态

言语逐渐透彻。行走着的身躯像稻草空虚

像稻草人显现于黎明。我感到口渴

像公牛嚼咽下浓稠草汁。"你的轭呢"，我询问

它未能理解。它像流浪汉般片面单纯

这匹马怀着奔跑的固执欲念。但确实风暴就要来了

多年以后。但也许是往事

"他走出去，一头撞上黑暗中的骡子"[1]。妄想呵

充满欺骗的白昼。而黑夜同样并不真切

不能确定一个词。一座城市或一块石头

或某一眼睛深处收藏的物件。结束等等

或在暗黑中走过废墟垃圾场干燥风声中的芦苇丛

像折断却仍在恼怒喷吐的浓烟，又像疯狂的旧报纸

---

1 ［美］科马克·麦卡锡：《血色子午线》，冯伟译，九州出版社，2018。

我闻到燃烧的气味，仿佛沉落中的一种场景

我蜷缩于杂乱的阴影如急匆匆心怀祈愿的寄宿者

如漫无边际降临的光线。如风卷起了不可见的尘土

像一个文字被错误地书写

在所有书本的空隙里。谁在乎黑暗

一些怪谈

生存被全面地装饰了。即便窥见空无
想想那些迁徙者吧。愿望形成踪迹随后被抹去
想想那些谷麦。种子生长起来又瞬间倒伏

已经像习惯一间屋子那样熟习这个世界
阳光制造的斑痕。原始创伤。像吸毒者寻找妄想
像偶然遭遇死者。像一个散步者为生存而怀羞愧
以及那些极度的快乐感觉，一些怪谈
我因此发言，讲述，试图阐释
我的语音悠缓。忽而失控，像飞机的巨大噪音
而后某物的震动停息下来

失踪是另外一个合适的方案
它接近于引起某种担忧与不安的读解
失踪也有些可恶，它仿佛消失的伪装
当这个时代拖着拉杆箱，走出机场。他无处可去
他将进入豪华宾馆，受人追捧。他沉迷其中
他将在华丽的旅行中死去。只需要一个杀手

局部争论

一只尚且稚嫩的水鸟踏过荷叶

另外三只在另一边的水域游弋

我们在西湖边讨论普京和权力的快感

两个教授与一个副教授，一个前校长，等等

还有两位高中女生。她们快活地跟随小鸟去

我们犹在争论历史的决定性抑或是偶然境遇

此刻我意识到湖水里那些鱼的慌张

它们由清澈的水面奔逃向深处的昏暗

我接触到那种静默与幻想的自由游动

那里淤泥翻起。亦如争执不休的状态

头顶柳条垂拂，水杯中绿茶开始下沉

我们已然分裂成两派，甚至三派

决不握手言和。某种创伤已被撕开

我们像鱼群那样被幼稚小鸟的欲望损害了

生活的局部或全部。这已然是常态

关于雷峰塔

我从没有上过雷峰塔。我在塔下面的路上徘徊
看那些人群升入塔中。他们那样快乐或者肃穆
那就是一堆废墟。而我的想法中有许多裂痕
我固执地想：这就是言语的废墟
而话语在这之前已经崩溃

我给你们讲一个故事吧。实际上我在自言自语
而且看起来忧心忡忡。实际上我讲不出口
我内心就有这样一种焦虑
我失语了，像这湖

我想起了往事。想起那个秋天，我到达了杭州
在火车城站前一个街边，我向陌生的女孩问路
可一个少年并不知道要问什么
"雷峰塔"，我吞吞吐吐地说
我想起那个年轻女孩不解的笑容
那是在雨后的解放路。那时杭州的梧桐树树冠还很低
街道有些昏暗。很静谧
往事总归是这样。崩塌的叙事

汽车幽灵

黑夜里黑色的汽车仿佛是幽灵

我是操控者。我看不见自己的手

汽车在升起来。它经过了桥面

白天的西湖杨公堤，那些云杉的树林很清晰

那些茅草，疑似芦苇的水边植物

尤其令人心惊的是穿白衣照相的新娘们

我想起我的像夜晚一般昏黑的汽车

我知道它停在那条马路边的停车场内

它怀着幽灵的空洞思绪。在空地上寂寞无声

这件事我想起来了。或者说昨晚的事件

驱车经过这些桃花与柳树，那般杂乱的暗影

身心无形地迷乱，可保持了速度

夜晚可不见那些新娘，只有行车者的想象

隐秘的欲念，被过度温习的快乐，等等

　　可我仍然陷于混乱

我冲进了那个停车场，一无所见

春天的计谋

2017 年春天的太阳是如此一张惨白脸孔
这些早熟的果实在冰彻的雨水中冻成通红
它们的一部分掉在地上逐渐变成黑色，消融进暗夜
我看不到爆裂与腐化的过程
一个普通人在暴风雨中猝不及防

太阳光这般沉静。现代性的风暴已然步过
我清洗了领口略为松弛的毛衫，等待它回缩
这是与时间的一次较量
一个人可笑的计谋
热空调暴躁地呼叫着。我陷入了迷茫
像鲸的家族困于极地的巨大水域。这难以置信
如冰盖下的鳍叶扩张，身体包裹蔚蓝的忧郁
我时刻感受着器官的磨砺损伤。一种非常纯净的迷恋
如此温驯。又如何遗留下不规则的痕迹
已经不是局部的痛楚，是全面的溃败
剩余的生存像午间的猫头鹰那样蜷缩起来
占据一片日光，却毫无温暖的知觉

注意地平线的变化不过居住高楼的男人陋习

而阅读一本书就像在放弃一种真实。我沉沦于此

我的眼神空旷

这是多么令人疲惫的时间线索，无须评述

外界出奇的静。妖娆的女性俯视水面

我注视着这样美丽妆容在水波中凝聚

我耳边响起不息的自语

谁控制了那种噪音，操纵了暴风与乌云

现在夜晚也遭受勃起的磨砺了

不仅是孕育光亮的凌晨与恶梦中的上午

血液肆意地奔流与停滞，苦恼地郁积

潜在的分裂与暴力涌动在每一处。城市如起伏的莽原

橘色起重机的动作令人晕眩

那痛苦的部分像雏鸟一样张开口

我考虑之间的差异，如狮子与豺狼间的

或者狮子与狮子间的。它们漫步之态，孤立或群集

我在满地寻找蟋蟀，在柔软零乱的灌木丛

如此不合时宜。群楼之影如此辽远

被采集的花朵表示了哀愁

似蝉狂叫

那样空虚的脚步如云雀行进在芬芳草地
狂翔的目的沉眠了
如此懒散，与存在合拍
就好像说这个女孩困倦了乳房却苏醒，顾自闪耀
也曾在那时刻遭遇苍老似蝉狂叫一整个中午

有一些尸体在河滩上。美丽的鱼已经在腐烂
这就是思想停顿的状态
这就像一种令人难解的奋勇经历
被一首歌谣提前唱出。而沿河岸杜鹃花如血盛开

无尽的空洞中有人发来了短信：无可解释的乱码
我心领神会。一些犹在疑惑中的快乐漫向肢端

我在想能有多少时间可以困惑与生气
"仿佛无穷无尽"。她们唱道
我欲"在世界的静谧中凝视头顶闪亮的天穹"[1]
如悲哀中的人类期待置身喜剧场景

---

1 ［美］科马克·麦卡锡：《穿越》，尚玉明译，重庆出版社，2011。

锁链与耳环

我深知有一些规则难以遵守

终然我描述了全然不同的景象

锁链与耳环

像一只老虎般哀伤的时代为我遭遇
一辆辆汽车行驶着哭泣，穿越过尘雾
老虎与天使。锁链与耳环。下水道与豪华客厅
词语的紧密关系取代着事物的疏离

这个城市熙熙攘攘。我能够感觉到
许多人抱着与我不一的见解
我像乌鸦那样躲藏在发射的枪弹与言语的间隙

而虚构的杀手走过大街，走进卧室睡眠
把手枪种植在花盆里。呼吸如捕蝇的花瓣

猫的翅膀

贴紧身体的翅膀紧张抖动，仿佛咽喉被扼住
幻念中它沿着直立的墙壁奋飞上去
叛离这个所在。美不胜收
这痛苦太剧烈，我已经停止。宁可在悲鸣的实境前行

我注视这些零乱枝叶，烁闪而过的灰黑色鸟雀
就像这只猫莫名快乐起来。而后愈加失落
所有的自由都哪里去了。或者所有的妓女
唯一可见的是无知的狗尾草在沉滞的场景摆动
浓雾在楼宇间下沉，像一架飞机下滑

像某些时间急速逃逸
像另外一些人在起劲地打理他们的房屋与花园
像发热的风窥视着地下室

梦语墨色

这个有些奇怪的恒郁秋天

我闻到陌生泥尘的气味。而后大雨将清洗此处

必须服用药片,红色与蓝色与白色的。不许呕吐

随后精神抖擞穿越人流。内部无精打采

差不多如此。本质上是落荒而逃

如性压抑的莫名野兽惊讶于繁华,呼吸粗鲁

遥远地张望树林或同忆起街道以外幽暗之河

生存转瞬即逝。却未能如闪电

梦语尽是事实。我在此迷路

朝昏蒙中观看,那些身影显现出虚幻的美

我心跳加速,一时间沉迷于这种错误

我渴望蓝鲸群集的海湾,其水颜色如墨冰彻入骨

那些巨大的身体在洋面起伏。给出了亲切之意

那就是像死亡一样的浩瀚开端

始有之创痛即将呈示

暂且喜悦

烟雨迷蒙，夜眠于大谷仓看望星群
世界所容纳妄想比真实多。存在比一幢房屋大

又或者夕阳坠落时，远方平原瞬间笼罩于暗黑
如雪覆盖家园，又如深海面容。暂且喜悦

我在驰过雨中的宽阔沉郁。她的眼睛微合
身体静谧。此时能够想往一个人真是奇迹

又一场暴雨给玻璃窗内的晚餐助兴
当下奢靡的激情。身体的一部分因此失控生长

雷电停止，困意难去除。我辗转复杂寓意之乡
难以判断去往与归还的差别

一个人不再回故地
他缓慢地走向癫狂

时光猎物

下午一时，战斗训练机的轰鸣再次震动苍穹

云块密布的高处顿现群马聚集时的惶乱

发动机爆响转为低沉，闪亮轻盈的轿车们滑行过去

另一种状态是超重的卡车遭遇红灯，后车追尾

又有消防车于凌乱的高楼下呼啸而过

那条河流像暴食者血管般硬化，满载的船只滞留

那些华丽的跑车像孔雀，以傲慢的情态任性穿梭

存在与存在者疏远。或并无存在，唯有存在者

这时光的猎物（被击落的牙齿）

现在我们探讨一下另外的星球

（像一群被围捕的鱼谈论另一个湖泊）

"我可以载你一程。"一个神秘人的邀请

抑或是乏味好心者的诱导。那声音积有灰尘

月光与月光

月色如此华美，如此空洞。如未曾遭遇的时刻
注视着房屋而深怀期待，警觉而忧郁

记忆中落日场景那般严峻。此后的遭遇皆未曾开始
子夜充满未知，月光沉落，我笨拙地欲避开其渊

未见其流淌，月光已遍地。不必破窗，月光满屋
我如逐此光而居的自由秋虫，可笑地奋力振翅

深黄眼睛的蜻蜓在荷叶枯萎的指骨上休息
看出比四月更加苍绿。我端坐一隅思索了这一问题

转过高耸建筑物的边缘，有行人显现像密林动物
而在其外围行走，产生被烈日灼晕的知觉

被月光洗涤的人与物。混乱的密码
一些欲念晕眩中闭口不语

鸟群与繁花

散漫的下午，浅灰色的鹧鸪疾飞出树冠

我将它命名为日光中的标点。它是我思索的一种停歇

或者妄念的开始

浩大的昏暗鸟群就这样遍布了视野

空气里满是鲜花的隐秘味道

植物们已陷入疯狂。我口干舌燥地朝前行走

    校园里是平静的，安全的

    我焦躁地看着满树的繁花

事物凌乱

一只乌鸦停落屋顶，另一只幽幽飞去占据天空

那里树枝狂烈摆动

没有风的号叫，就像是这个世界的默片上演

我于窗幕之后如停留壳内。如此静守

事物全都凌乱了。如何又恢复秩序

其实有更庞大的队伍，预习快乐的平民，提供笑料者

和插科打诨的好手们

这世界重新安排了欲望。既然如此

窥看整个上午，持续着无声息如汪洋的大雨

我的嘴张大，气泡升腾像面临窒息的鱼

犹如已重新愤怒，重新沉入眩晕

又仿佛已然升至光辉处。像石块漂浮水面

这样的一种错觉已如此普遍

车轮与器官

公共汽车在道路上沉重驰过

将当前的些许事件卷入轮下，扬起稍可辨识的尘土

有人把自行车靠墙停放，泥灰脱落的墙壁

欢乐的感觉转眼变为疲倦与急躁

另一方面游轮华丽的马达声飘扬半空

像信天翁盛装的翅翼般优雅（像漫步着的某类男女）

足可掩饰海面上的油迹和暴风中的浪壑深渊

我把自己设想为捕鲸者（渔夫这个词语的回望）

广阔与匮乏空间的追逐者

（我听到被拘禁的那人大叫

风吹去了词组，无从回复）

房屋的墙面映现白色躯体和昏暗私处

周围许多乔木与灌丛高举着美艳器官

我望及我的制胜是如此黯然神伤

当巨大尸体浮现，夕阳的光芒被遮

休憩于密林

我沉湎于森林的幽暗的美，无论日升日落之间
它坚守着辽阔的郁影。任我观望这片隐幽之地
倾听猛兽踏腐叶而去，其间有不尽的焦虑与忧思
我要在此处修建屋宇。所有的房间都浸没于隐秘
我只是要休息。在生命的中途

闪电般书写

在大雨中停泊。目睹挥洒于天空的力量
雷霆滚滚夹杂着宏大事物接触的低沉乐音
又于突如其来的亮光中如新生婴儿

我准备像老虎思念一类食物。像残破的虎几无懈怠
像其空虚的步履，望及华美的蝴蝶被暴风刮去
从普通的物体间望去
学习遗忘，然后进入

缄默的态度如在机场大厅看飞机默然舞蹈
纸张像苍鹰的翅膀颤抖于风
疾病与忧伤均不及陈述
此乃换喻的连环。在虚妄中飘浮的人类如风中余烬

闪电之间，此类语词唯有书写
在言说之间找不到它们

听 爵 士 的 虎

一只老虎伸展四肢盘据大树之荫
它在此翻阅自然世界的圣经。且持批判的思绪

疾患中的虎

"疲劳与饥饿是很可怕的敌人"[1]。老虎出现

柔软的脚掌踏入城市街道，蝴蝶跟随飞舞

这是旅行的脚步抑或逃亡，传导的音阶是疲倦还是惊慌

天色阴沉下来。鸟群急忙鸣叫

数千只乌鸫掠过回旋

生存中不可回避的慌忙的瞬间

归于短暂的宁静。凝望树林与草地，风拂动枝叶

汽车发动机停息下来，指针归零。猛然间空气爆裂

如凶兽扑击下的猎物身躯。我眼前一片红雾漫开

我已驻留此境，静候像浊流中巨鳄

被饥饿诱惑出击的老虎

鹿群的角枝初露，女人们重新绾起发髻

暴雨洗洁后的城市和莽原有相似的气味

微微潮湿的爪掌与身体

---

1 ［英］李查德：《无间任务》，彭临桂译，中国华侨出版社，2011。

咆哮与撕裂的欲念，渴望柔软与腥气

而后剧烈喘息与慵懒睡眠

孤零零地趴在小区公园石头上的猫是老虎的日常缩影吗

如果我描摹出饱满紧张的日光和猫的惆怅身影

我回想起在动物园看老虎，那样悲惨的时光被构造

我彷徨在世俗的亮光中忽视了隐秘

我望及老虎的目光的黯淡和肢体的创口

我仍然只有吃惊和观赏的满足

我是悲惨局面之元素。在黄昏嘶哑咳嗽

患疾中的老虎未必如此

它发出沉闷的呼啸。却被远处同样沉郁的树林吸收

我犹然在街道上停止着，周围无数车辆拥堵马达共鸣

我像老虎般饱胀而沮丧

离开了早晨的场景，我被某种荒诞性与真实性卷入

我依然虎视眈眈，面临爆裂的处境

因为我思索了一些东西

像铁栏里面日复一日回旋的虎，我承接其妄念

那就让我大声嚷嚷吧

野兽们四散逃窜。但这并非王的体验

不必触及一只老虎的威权与疲倦

我宁肯图画老虎之空无的乡愁

老虎的自由

暴风吹过山巅像一个人吹着口哨经过空旷之地

像一个人满不在乎又充满忧虑

远方高速列车撕裂着空气，绝尘而至。凝神的刹那

白雪皑皑的屋顶和树冠构成幻景

像冬天这个词

沉湎与迷惑，这已然不是命运的发言

信念与沮丧皆来自墙与玻璃

来自狂风暴雨和太阳痕迹的观察场所

如此熟习隔离的方式

朝墙外张望就会看到问题。反观自身亦然

所谓经过迷茫城市就是迷雾森林

我意识中一辆说不出颜色的加长卡车在高速公路上行远

它的呼噜声疲惫孤独，但也可能有着粗俗期待

还有什么可说的呢。我且沉入睡眠

而此刻疾病凭借着人的身体在地面漫游，进出房屋

拥挤于水泥与钢铁堆积的现代莽原

老虎碎裂的身影跃出，坠落半空中

现在可以短兵相接。背后是钢铁之林

远处隐约可闻江河奔走蜿蜒

我以为时间未迫近，消除了紧张感。旅程必须继续

即使黑夜中那猛兽因为疲惫倒地死去

此场景像地狱一样吵闹，静谧被挤向他处

如此壮美的存在物悲哀得难以置信

像蓝鲸悠然搁浅，老虎的毛皮铺展

而更多欢快的物事其形丑陋

机器一直在急速行进，此蔚蓝星球

我静坐感受着破损的道路，思想着自由和其形态

它如高远的天空，亦似爆裂四散的气体

它并非在我的把握之中

它令我迷惑，时有困兽犹斗的暴怒感觉

有岩石碎裂的昏晕与痛，河流干涸的窒息。如雪停止

天空澄明起来，我的目光阴沉下去。如此繁荣与苍凉

它本身就是言语或春日的绿色

然而发黄，被阳光灼焦。在风中改变形状

它是自在之语，最宏伟阴郁和虚假的建制

其窗昏蒙深邃，收藏着空洞的秘密和奢华梦呓

像密集雨林里突现的那棵大树，令人惊叹

我在梦域里追逐，在现实中放弃

像大雾中奔跑的放纵的老虎，将猎物放置于遗忘之处

经过这一切，难以抑制地记忆悲彻

对于继续生存有像鹰在午后雾霾中滑行的知觉

浓稠的空气不仅滞缓了速度，它使人失却控制

仿佛不能前行不能停止，唯有破碎的喊叫

我的身体如被搁置于碎石

思维在咆哮，喉咙电梯一样上下移动

但没有词汇。狂躁的声线像低沉的摇滚乐倾泻而出

我是否还能够汲取此经验

像老虎残留之牙

浑噩的自然无视此语。莽原如此，都市亦如此

城市不是猛兽。城市比猛兽庞大

聆听的音乐是仙境。而言语遭受围困

我想我被看作病患，但他们从不说出

老虎的哀伤

移开莫名的路障，行进者迎向奇异光线

他怀着激情战栗，冰冷的感觉布满身躯

他表达了未来时的冷酷信念

建筑接连在前方倒塌

如急流喧哗的雨水带走污秽

人们查阅着书籍寻找依据且陷于惶惑

呼吸中竟游来花卉与果实的芳馥，到处蟋蟀的口哨声

无望的欢乐不过如此

满地荒草如同遗留的故事

言语在枯萎（我是记叙者，像暴雨一样泼洒词句）

白昼的幕布缭乱。街道比郊野更加沉寂

我一遍遍看录像，温习消逝的时间

那样哀痛的青春面容，曾像风暴掩饰的晨空

而无人思索。传说中的国度情况正好如此

"死亡只是关掉开关"[1]

1　出自美剧《亡命之徒》第一季。

"复仇是健康的行为"[2]，谁仍然在穿越荒废的公路

猛烈的碰撞巨响。这个时代当然没有结束

我唯一哀愁的是她们的失离，美的身影遗逝

老虎在历久的围困中已经窒息

我经过它们斑斓的尸体

茫然凝视一个方向：金属的枪身汗迹斑驳

现在我坐在楼顶，离天空近了点。内心宁静了一会

望及老虎在想象中莽林的停留

它试探地向前抬起左腿

此刻谁体验到惊恐，几乎放弃夺命奔逃的欲望

谁感觉到了细胞层面的干渴。瞬间委顿

那个人敲门了，短促激烈

但不是我。我是闻听者

也可能是跟随的记录者。而一个孩子奔跑来开了门

事情总是这样。这个孩子要去喂一头公鹿

这是老虎的想法吗

2　[美] 丹尼尔·席尔瓦：《国家阴谋：以色列的暗杀艺术》，王臻译，同心出版社，2013。

这个孩子乘坐未来号高速列车进入了噩梦

自由的欲念出乎意料地降临

像空气一样，昏暗海洋上不安的虎鲸幽影已经出现

巨型的心脏收缩着。血液喷涌冲撞黑暗的脉管

现在轮到老去的人在暴风雨中疯狂

听爵士的虎

乌鸫在枞树上沐浴晨阳，人在车厢里聆听爵士
放弃了攻击与畏惧。事物已然静止
无须跟随歌唱。无须期待睡眠
无须迷恋。清脆的女声破窗而远
其哀伤如白云停留，像落叶在疾风中翻滚
长短不一的语词遍地
老虎默然而行，像流浪之猫的步骤

（在固定的场所获取悠远的想往
宁静细雨中的空地和停歇的车辆和构造静谧的音乐
并未聆听，只是被笼罩覆盖
这是困于他乡的沉醉。一种沉痛隐约如潜河）

我深知我令人不快。彼此之间并无契约
像某类孤立的狩猎者与那些欢快群体隔离
内心如此黯淡。且如雨中原野辽无边际
群马的奔腾仅仅激荡了一隅
实际上混乱之极。这种彷徨与拒绝比时光消逝更空虚

即使怒气冲冲或者微笑。比死亡更滞重

我疾走过街面，脚步声喑没于树荫

灌木上花朵竞艳，精神疾病怒放

现在深呼吸，吸入这痴狂与自由的假想气味

像原野上的公牛在草甸深处排泄，横冲直撞

像高速列车高唱而过，可感觉空气的波浪

此时雨渐大让空间模糊。鸫鸟在雨中觅食

撕裂意义的是第七首乐曲中断续的女声

如在迷雾中行进，犹有沉沦的幻念

那描画而成的迷离的眼睛与幻觉中的曼妙身体谐和

像若干只乌鸦沉入深灰色城市，把巢安放于树梢

对一些词语郑重其事

我看到两个娴静的女孩围绕垃圾桶前

她们在观察。停车场的猫被惊走。音乐得停止了

对老虎来说，上午是合适的时刻

但我做什么呢。阳光开始照耀，周围仍在昏暗下去

我是个阴郁的人，和这个阴郁的世界匹配

黯淡的心情已是常态。仍与雨后天空融为一体

时至今日，依然什么都不明了

老虎的身影穿行楼宇间，时而隐没破碎

它捕捉了太多的猎物。如今它捕猎自己

它击溃自己。在沉默中扑出这一步，丧魂落魄的野兽

尚未有自由，没有战争

生死这样平庸。无从谈论

或许唯有风是自由的（连风都被禁锢，云凝固）

或许自由者的长袍飞舞荒野的风中

我们（老虎与我）都有着被流放者的面容

歌唱永远是悲怆的。我们聆听，在梦中开窗

"在我看来黑暗占了上风"[1]

1　出自美剧《真探》第一季。

与虎之握

我在中午的强光里与一只老虎握手
破碎的老虎的身影旋舞

　　我的手一再扑空
于是我梦见手是昏晕的苍鹰，由巨厦之顶坠落
损伤的翅骨暴露划破如帛的空气，使之燃烧
我隐约听到数十辆消防车呼啸而至
更多人群的喧嚣淹没了垂死之鹰的呻吟
甚至老虎的虚幻的咆哮

我欲把手收回。我感到了某种恒久的痛
感到了血液喷注后的心悸
我匆忙赶到某一城市的现场
大厦的购物中心依然人流如织。气温在持续降低
我迷茫而虚弱，把余留的一只手紧藏于怀中

老虎的斑纹

我凝视着的树木如此沉默，在风中无语

它陷入思索之外的境况。它引人入胜

仿佛它的背景是一片荒漠

它是唯一的繁盛之物

它等待我倚靠树干而坐。这是唯一可能的休息姿态

它遮挡了喧嚣

它制作了比一个生命更持久的可能性

如果我走过去，这就是永久的获得。失去话语

无须语言。主动的放弃

因而我是否需要暂且退出这个场景

疑惑笼罩着。软弱的蝴蝶在阴霾的半空中努力向上

它的翅膀被雨雾濡湿，随后带着死亡的沉重坠落

这忧郁的一幕未能使我热爱亦未能使我警惕

而老虎安静地踏着落叶走来

它停下来，迎着冷空气龇牙咧嘴

它像一只猫瞳孔收缩

猛然间它拍出前肢，掌下鲜血如雾

老虎斑纹的色调日益显著，树林的阴暗难以遮掩

我现在得去嚼食那些动物的美味尸骸

连同苦涩草叶的碎片。牙齿已被饥饿磨成尖锐

我对生存有了某种意念

仿佛逃离动物园的老虎瞬间置身于镜前

这个人两鬓斑白。据称是时间火焰的灰烬

病中俳句

1

黑色塑料袋在半空中像鹰一样翻飞
我的疾病源自同样的狂躁

2

烟雨迷蒙的冬日早晨
第一千辆轿车驶入医院的停车场沉思

3

暴雪吞噬了天空。我的血管紧缩，内心迷乱
对一个时代来说，我们相互复制了

之前的俳句

1

鹰在天空的大背景中游荡
它作为事物的眼中充满了事物

2

以北极的浩白容纳北极熊的白
我茫然注视着。短暂地失明

3

一个喜欢蓝天的人倾爱了黑夜
世界即刻沉静。我宁愿考虑这样的事情

4

凉风把窗帘吹起的瞬间。秋天的能指
我听到昆虫的呼吸沉到了泥土深处

5

我想到了湖水，想到了湖水中的鱼
冰凉的物事构成我的臆念

6

一本书站在一本书的旁边
风在风的旁边。一包糖果互相挤在一起

7

像风一样地谈论。像风一样在树顶上
在屋顶上，在空中自语。这就是苍老呵

8

被车轮碾过。被思想的车轮
空无中升起了剧痛。深灰色的虚无

9

给空无一种言语。仿佛给予了言语
一夜醒来所见满屋顶的雪上的印迹

10

一只乌鸦掩住了耳朵，另一只乌鸦在大叫

我是哪一只啊

黑猫公园

（2017—2019）

　　关于这首诗的自由主题，其对于我们如同拉康语境中主体实在领域的缺失，是这样永久的创伤与干涸，唯有想象给予不能停息的填补与血液滋润。我由此将自由归入哲学与美学问题，涉入诗歌的创作又和无意识的想象攸关。它所形成的是诗的物语，充溢着诗艺术本身或语言性的困惑，以及话语的难解之谜。在诗歌的语言场中，我努力在建构，又仿佛在搜寻，在回旋往返，几乎陷于幻想的公园迷境。黑猫并非指引者，它是自由冲动的原力，又是行为者随身而动的影子。是暗地里的闪电和妄想本身。

黑猫公园

"我是自由的追寻者。"

"那么你好，追寻者。你获得了什么？"

"我得到了关于它这么多的幻想。"

黑猫公园（1）

一个孩子收集了一些黄色的物品

黄色野花，黄色的 T 恤，黄色封面的书本，黄色水杯，等等

另一个收集抽象的黑色系列

沮丧的内心，暗夜，隐身其间的黑色母猫以及

　　　熄灭的火焰

这人穿得像一头鹿

森林里的逃窜分子。这个人头发和衣衫散乱不堪

行走在楼房暗影。他举目仰望，楼宇摇晃不停

在风中发抖。他看火焰跳舞，风暴哭泣，鱼群叫啸

他设想进一步燃烧的方案。红色车辆呜呜地开来

他目光凌乱，像被驱赶的乌鸦

饥饿的猎豹。他加快步伐。规则之外的狩猎者

我准备好对之命名

他想做一番激烈的陈词。这不可能。不被允许

因为感觉到禁锢狂躁不安。这是对他的担忧

茫然的杭州城。这一年未经冬天，丧失了严峻

昨晚我失手打碎杯子

老虎在动物园死去。数条河流被污染。雾沉落下来

其上是过于明亮的光线。一些情况发生着

那些人的身影在讨论游戏鼓吹暴力之战，丝毫无疑虑

和所有掌控某些事务者一样，他们珍惜自己的生命

这些人是窃取者。在华美的宴席上围聚饮酒相互庆贺

且大声喧呼。面具在夜晚洗去

居于厅堂的农夫透露出威权与狡诈的神态

一些牲畜抗拒着缰绳丧魂落魄，许多苍蝇在聚集

这里有巨型的垂死动物

有时一个人的死，成为另一些人的表演启动

死亡被当作食物。作为借口

沉重的车辆在道路上狂奔。车灯穿透灰霾和愁绪

加速，加速。瞳孔收缩着

昏暗的海洋比天空更辽远，诱引我哀然的目光

迷茫的夜空下群山与草甸沉默

然而夹杂着人的呼喊和疼痛呻吟。存在的室闷犹在深水

仿佛我出生黑松镇 [1]，如何感受着生存的怪诞

当真实是妄想。如何承受谎言

我决定否定某些现实

　　寻索的冗长之梦旅就此开始

需要考虑真正的罪恶与措辞的暧昧性质。适应抑或拒绝

谋取信任或心怀警惧。一座城市就是一个流放之地

冷酷荒谬。我已没有能力爱此在

"坐下来嗅一嗅咖啡的香味"

清理垃圾，或者驾驶汽车去一个稍远的位置

此车有黑夜般浑然的内饰，虚无的美艳

我欲对这只黑猫说，自由地行动或言说总归更好

你为什么不是刚烈士兵或相应有效的器具。仅仅期待着

甚至不再滋生渴望

你已始生幻见。群犬似在逼近

我接触到你了。幻念中的天鹅或陨落的石块

1　其寓意参见美剧《黑松镇》。

我扑击住你了

这时坚硬的日光敲裂车窗。锋芒展现像钢铁的碎屑

这时鸟的幻影出现在道路上，一具尸体。我茫然无措

我在等待一架客机停落。漫长而迷蒙的季节

我犹豫徘徊在一个停车场

像被黑色包裹的猫。我们的忧虑在寒风中盘旋

如在战乱中期望慈悲，于平庸时渴待激奋

这个人被幻象引导，持续地发出呓语

在马桶圈上入梦，滑进浴缸去淹死。类似场景层出不穷

如狂暴的雨水清除流淌的阴郁血液

这个人在书写自身的失败。不是失望（未及希望）

这个人蹬着自行车漫行，他注意到了眼前的黑猫

像是浓稠暗夜掉落的醒目一滴

一个标点。仿佛时间真的停顿了一下

他加倍知觉到日色里的寒冷

他是真实，另一些人是伪者

他们豢养了狗，委托家人按时遛放。对猫发出叱责的喉音

语言能够区别开人群。如警惕而凝神的猫的眼

丧失言语的权利就像荒野的风经过城市，形同哭号

像平凡的痛苦向时间深处延伸过去，等待新的承担者

亦如我傍晚打开窗。静候黑暗

黑猫公园（2）

他们咳嗽着四处走动，像生病的老狗

还有那些肥胖的快乐奔跑的诸种犬类

它们嚣叫大笑着，有时假装哭泣，发出呜咽

我们疑惑不安。他们明确坚定

它们是忠诚之属，必受厚待。是温暖的成片亮光

寒彻的闪电转瞬即逝，令人惊惶畏惧

窗幕拉开。黑猫出现

灯火熄灭，黑猫隐匿。黑猫是另外的存在

公园里猫时而失去踪影。我已然失控。如此词的练习

我感觉到被乌鸦张望，不是相反。它们没有等待

它们不与时间较力

这只猫有黄色的眼瞳。它的内部在燃烧，神态沉静之极

在树林边清洗面孔。毫不惊慌地经过墓地

它出现在城市的中心，在荣华中显示慵懒

无所依赖，无所丧失

它浑身墨黑。与纯粹的黑夜并驾齐驱

它在昏暗中思考，奔跑，妖娆漫步

在日晕间睡眠。单纯的自由方式

譬如是像一个被释放的囚犯还是花园里的猫那样思索

它是静默，适合周围事物譬如电脑，书本，纸张与水果

相得益彰。甚至时间的暴力都没有使它吃惊发声

然而与敌人一同歌唱

公园生长了太多的花草树木。它可是靠近了自然的国度

它能容纳多少只猫

公园里到处是待开的各色花朵。我有瞬间的意念

虚无的花园。春天在成为某类幻觉

花簇消失，从未存在过

如窗前树影间某只斑鸠鸟的影踪

如某个语词的痕迹。我努力判断，搜寻记忆

黑猫犹盘桓在书架上，扬起微弱的似幻的尘土

书籍的影子连绵重叠。意念中的图书馆

这只黑猫。它是知识分子暴徒，自由派士兵

试图对某些语句作新的阐释。从而扣动扳机

城市的阴影超过了一座森林，行走者极易迷失

黑猫不会。机械的心脏在与暴风抗争

我仅仅是倾听暴戾之声

金属的狂吼与叹息扭曲破裂

我沉重地呼吸。我停止住呼吸，一会儿就难以忍受

恐慌是如何产生的。我不能喊叫不能表述不能发出喵一声

充当荒谬哑剧中的角色。奇怪而悲惨

可笑的戏剧。我期待我的虚假。黑猫是真实的

这般险恶的光阴。黑猫的步伐快如电光

我的旅行箱在渴望旅行

我却没有。我得允许自己从他者的权力欲念中逃脱

一只黑猫可随意完成。对于我是无限沉郁的妄想

我书写日记。记录的全是幻念。不会有罪证

猫的花朵般脚印同样接近于妄想

公园四处积满落叶，草丛柔软而有弹性。道路坚硬

时常有雨水冲刷

猫的脚步像文字出现又消失后的痕迹

夜间许久未能入睡，懒散的姿势亦未见效果

在极度的困惑中见到一片深蓝色

无边无际。我深知这与天空海洋都无关。沉湎于此凝视

早晨我已肢体铺展眠于屋顶，猫沉睡在树冠间

我亦已沉默寡言。仍然抑制不住怒气

（难道对所有的小恩小惠都要感恩不尽）

对于食草的动物，四周充满险恶。河流鳄鱼草原狮子

更多的时间是平和。视而不见

对于猛兽永远是关于饥饿的诱惑，力量的考验

实际上老虎犹豫与疲惫在一次攻击之前

难按兴奋与焦虑

它的眼眸深处存有莫名的悲切。它并非自由

这就是黑猫的瞳仁一现所显示的伤痛所在

像一缕微光划过公园入口。让事件露出一丝端倪

这并非复仇之路，亦非逃亡

幻象是一种可能，能够确定的是一个选择。在的本意

我在冲饮一杯拿铁咖啡。带着以上的考虑

那生物的巨爪仿佛在撞击坚固之狱

猫的掌印很小，像浅黄蜡梅在地面难以分辨

如果下雪了呢

现在去花圃采些狗尾草和深红色的浆果

我不需要吸食那些花蕊。语言是我的幻念催生剂

这个人处于惶恐中直言不讳

他与一个词的纠葛未能了结

猫科动物有此共同的本能，它们在攻击之始会保持沉静

如句子埋藏了音调，只显示文字的书写

我们试着接近美丽猎物，某些果实，鱼，艳极的身影

黑猫弓起脊背。它的眼睛里有急躁火焰

某一时刻它用了气势汹汹的步伐。它和旋风嬉戏

你好，猫头鹰先生。我们有共同的捕捉目标

用我的月光交换你的黄昏如何

黑猫公园（3）

黑猫说："我得收集阳光"
黑色紧紧跟随着我们。我比一只乌鸦更靠近它
我环首四顾，黑夜比黄昏的色泽浓郁十分
　　一只黑猫的威严超过了雄狮

我们在公园的一条小径上右转，近于盲目
我们只是在欣赏沿途风光。目的地还很遥远
这公园似乎漫无边际。远处楼顶上有一只褐鹰停留
它的双翅苍老为何尚未回归山岭
这是一个适合妄念的场所
蔷薇花树影浓密，接近凋零的花卉散发着腥味
一整个区域气氛紧张。被惊扰的昆虫发出哀鸣
海洋溶释着鱼的血液，陆地上一滴血就触目惊心

我提着空旅行包在城市来去（而非丧家之犬）
转过街角的猫脚步轻盈。得防止在此道路上被卡车撞击
这粗俗力量的符号，它蛮横的风格有所依据
它不仅仅是没有一辆轿车优雅。也卷起更多谋生之尘

猫在某处咳嗽。我循此动静而行

繁华市中心的地下过道竟充斥陈旧的尿味。被囚禁的味道

这些人被困多久

在困境中练习了对于空间及外部的现实对策

雨尚未倾注，空气已湿透。鱼的幻影游动

我眼目专注如猫。而失去某些警惕与防范

我们的错误未及掩藏，又一次被伏击，撞到墙壁

手脚无措。彷徨于柔软陷阱

又一次尝试逃脱。遭受无妄之灾。昏晕于路边的水沟

又以某种惊惶坚韧方式苏醒

园境的构筑和探访（可能波及一种思想体系）重新开始

（这解释了某种惊恐的由来）

（像当年米歇尔·福柯授课和罗兰·巴特驾驶汽车）[1]

现在我心中尚处于烦躁。风暴在期许中

1　参读［法］洛朗·比内《语言的第七功能》，时利和、黄雅琴译，海天出版社，2017。

公园的上空无云然而深沉，一边有巨型建筑的投影

我已经意识到，这里不通向任何地方

你似乎独自流放到此区域

看不到毛皮花色各异的其他猫

这是一个孤立的思考场

一个不合群的梦境。我不知道是否需要构思一个新的角色

一个未经训练的动词操纵者。也许是

近日我极易做梦。我的床垫像月光一样空虚

我每每站立在宽大的落地窗前，眼前是全部幻念

这个危险的范畴无所遮拦

我是坏脾气的乌鸦，一边冷眼旁观一边生气。嘲弄那些狗

　　　　（热衷于吠叫，在谄媚中衰老）

在梦的空间我被插上翅膀，但依然不能飞翔

无疑这是极深的忧虑

现在老鹰懒洋洋滑过高处，腐败的尸体让青草都变黑了

我们只是暂时逃脱了中途的某些变故

这样令人着迷的思绪。愤慨，期望，等等

但仍然是一个有意的缄默者，一只暂且不作声的猫

决不汪汪旋转或朝着某一个方向狂叫示威

彼此的眼神冷静如北极的空气

无人窥及与在乎时间。譬如眼前景象的变换

我手上有一枝折断的雏菊

我摘下了向日葵。在岔路口踌躇不前

黑猫在黑夜中的娱乐，有着巨型食肉兽的谨慎与冷酷

我深知它毫无犹豫，没有止步于复杂分岔的路径

一切它了然于心

就像黑夜在大地上迅疾铺展，不会有遗漏。幻象无际

全部在它的掌握。它向前跳跃像梦中老虎

我们各自构画。修建和损毁

如同终极的自我迷恋

由此走向某一真相。镜面清澈等待映照

我感到我能坦白一切。在这个幻念建成的园地

一只黑猫是一种语言的存在。一群猫呢

那些白猫与花猫，践踏着另外的语词及其法则

如追随词汇而来的无数身影

黑猫公园（4）

> "在语言转向中换挡到超速"[1]
> 自由的话语方向

我假设我的猫吸大麻。我的言语抽烟

这一场陈述烟雾缭绕

我们在一个露天咖啡馆对坐。像一对侦探

周围有女性的美腿出没

我们探析公权力的契约，其他状态或抢夺到手（之史实）

我一瞬间呛咳不已

河流湍急。暴雨如注，闪电犹然沉眠。两岸树木幽深

一叶孤舟奋力而划，逆流停止。水面平静如时间的写照

唯有蓝色海域可能是生存全部

有时候天空沉落下的景象类似

我不会是可爱的老者

演练着书法，逃避疾病与可能的冲突

---

1 ［法］洛朗·比内：《语言的第七功能》，时利和、黄雅琴译，海天出版
社，2017。

我经历过一次可怕而有效的疗法。需要一座建筑的庇护

隐秘的所在是真实所在。而我心境狂乱

仿佛急风暴雨突如其来。那些药物已然失效

一个夜晚我几乎没有睡眠

黑猫也一样，或许它不需要

我们在想着外部的无边疆域，这可能是一个新的妄念

建筑物悠缓地形变。废墟暴露在荒草间，如文字的暗影

随后草木急切蔓延，各色花苞层叠铺展。无人瞭望

讲述如此荒谬，漫无目的

我们掩盖起那美好的终极之虚无局面

黑猫是个预言者。出现在它面前的每一样事物

石头树木行人街道，突然冒出的河流，河岸的丑陋雕塑

被保留的古迹，尽皆意味深长

我面向湖水阅读，此刻时间已非过程

面对盛开荷花，文字灿烂辉映书页

天已数日阴雨，一只麻雀跳跃我身边。其爪印亦是书写

真相是花绽放的某一过程吗

我考虑了目标，给予修辞。继而不明其意

没有人阻碍我们的行动（构筑，努力扩充园地）

他们无从捕捉黑猫像疾风一样的柔和身影

亦无法确定我们的行为性质

堆积词句，彷徨于小区边缘的河岸，在玻璃窗前呆坐

有时以一辆黑色自行车中速骑行，意念如受惊水鸟

我们追寻的原理他们不会在意

事实证明争议与辨析无比空洞。永远没有辩论

但有程度不同的禁忌禁止与噤声

那些嘴巴转而去饮酒喝茶。他们已经有所抉择。犬儒遍地

没有哀伤的人，唯有水洗般月光

忽然前方一派迷雾。什么都看不见啊，看到的就是全部

　　　　　对话如此简扼

我有一种绝望感，接近于窒息

（绝望是损失这一个词留下其余的。竟然这样）

我唯有对着幻想呼吸。我要在此处添加罂粟花和大象吗

某个词加适当语法的状态。像书房与会议室的比例

我看到了某个跳窗而亡的语言学家影子

那个女神胸口可以打开。一个镶着密码的小门

黑猫瞬时消匿。又在我吃惊之刻跳跃出

它如此高傲。但眼瞳里并没有蔑视，亦非它驾凌于他物

　　它遗忘了他者

黑猫不仅仅是黑色的。也可能它是无涯暗夜的所指

犹若对于自由的连续设想

黑暗，纯粹的陈述。它就是吞噬所有的颜色与亮光之黑

与绝密的收藏适应。猫的啸叫和猫的疾书。声音与文字

我先是听到，惊愕但茫然无措

而后辨清那些细微的迹象

我的神情淡漠，像冬天的早晨执着在床上，眼睛睁开着

眼前的场景迅速切换

黑猫则专注，几近凶猛，撕碎现实

风在吹乱词汇（现尚不必言及争执）。"我是谜语人"[2]

―――――――

2　出自美剧《哥谭》第三季。

一群海鸥悬浮在城市边缘，透明的气流阻挡着那些翅膀

坚固优雅的顽石的构筑，修剪过的松柏冬青

可怕的传说。其语是决定性的

此秘密及这个场所，尽皆言语的范畴

事物的衰老，房屋，书桌，宠物，权力，甚至河流月亮

我失声而笑，我总为花的萎谢苦恼

如今马群与花丛游荡在公路之外

我似乎走进一个地铁车站，站在一面镜子前，我感觉陌生

我准备了某些词条某类修辞

某一法则引我进入某节车厢

列车立刻驰向黑暗洞穴。证实我的设想

黑猫紧张地弓起背，像夜空下钢结构的桥梁

然后又一次消影匿踪

我为我的出走准备了书籍。对待生存如此奢侈

猫一无所携。它本身就是进行中的语言，走着特有的步伐

我的幻念因此是一个年轻女人的身体

像那幅著名画作 [3]

（那些恐惧这个女人的人拥去另一方向。变态者）

自由，一次色情的沉醉般的痛苦旅行

3　参见［法］欧仁·德拉克洛瓦画作《米索隆基废墟上的希腊》。

黑猫公园（5）

2017 年的夏伏。语言像烈焰中卷曲的金属
谈论自由，犹如谈论绝望
我梦见蝴蝶翅膀舒展，轻薄易碎，艳丽色彩是一些粉末
黑猫在道路边扑击飞蝶
这场景令人感伤。不由地悲从中来

恍若天气寒冷，我们（我和黑猫）把脖子缩进衣领
这是一部暗黑的影片。场面拍摄得如此明媚
车辆与道路如清澈水晶的排列。城市于透彻中呈现
我搜集着生存者的档案
恍若倾听权力与财富的众多呓语。似无新意
造型奇特的房间里有穿红衣的模特
她的裸体舞动在炫目的灯光里。摄影师手指隐于半空
更广泛的所在。表演者伪装笑容也伪装哭泣
迷醉是困难的，冷漠亦如此

绝境是一种平庸。娱乐的合法场所，亦犹如身陷凶宅
四处是隐藏的杀机。但一开始仍会遭遇笑容

他们在观察鉴别，以及询与唤

他们逐渐增多，几乎是全部

我与黑猫徘徊于酒吧门前。我们已一醉方休，编造了故事

黑衣杀手和绚丽梦想潜入高楼，后语待续

高架桥上的神秘车灯快速而去

我们已呼叫了话痨的出租。似乎我们无能远去

似乎他们未曾犯错。我们已无能为力

（他们衣着得体，语言有说服力）

这是真实的恐怖之旅。抑或是忧郁至极的冗长旅途

是由荒野奔向荒野的野兽无望的盲目迁徙

这种状态荒诞无从克制。我只是不能接受万念俱灰

黑猫的身形紧绷，我们保持了坚固的笑貌

眼前崩塌的局面仿佛满树的枯萎花朵，糜烂的景致 [1]

（谎言与虚伪像行道树上的绚丽灯饰闪烁）

如窒息之刻坠入一片刺目亮光中

---

1 笔者按：落叶是一种苍凉，变色的美；腐烂的花让悲哀填满眼眶，使人
绝望。

我看清了全部（仿佛手持利刃劈向了空气）

没有人看得见我

疑问之一：以外表的浮华来捍卫内心的真实

之二：我们坦露出全部恐慌和悲观

之三：出于真诚，沉默以对

制造记忆与制作谎话有相似的效值

如某一时刻风悄然拂过去，无意义的动静引人遐思

我在河岸静坐。背景中的城市鳞次栉比

我像乌鸦般习惯于某种肃穆，整理着恶意的羽毛

游步者从我身边匆忙而过，遗落慌张

这种静寂像废弃于历史的某艘巨舰，无望逃出那条长河

锈痕斑驳的船首耸立如固守空虚的城堡

"是一艘伟大而尊贵的战舰在驶向坟墓" [2]

某一时刻饮食与毒品一样让我们急躁和忧虑

2　［美］克莱夫·卡斯勒：《撒哈拉秘密基地》，王秀莉译，上海三联书店，
2011。

我要米饭咸鱼和一杯咖啡。黑猫要一只汉堡

可他们"一直在问有关狗的事情"

这是我们必须拒绝的存在

我与猫相互跟随。我需要你的记忆来证实

黑猫。深藏的惊恐

我们渴望为所欲为，像跑车在公路上高歌，绝尘而远

天空燃烧着幽暗火焰，前景无际，历史湮灭，栎树疯长

噩梦如此绝美。我看到我依旧活跃的身体上长出宽阔叶片

黑猫的肩部盛开着葵花

蜿蜒宽阔慵懒的河流在一旁伴随着

诸物的线条逐渐消失，想象的色泽变浅，前方一派空无

"景色很美，事情很糟"。一向如此

这感觉如在沙漠里望月。我们被认为走失已久

迷失之地就是最熟悉的定居之所，无门可入的某座大楼

无梦之刻我疑惑不已。老虎的梦魇是什么，潜伏草丛的虎

　　或者出入街巷的猫

或者玻璃窗那边溢满视觉的咧嘴鲸鲨

但触摸不及，它转身而去。它是真实的

这里有无尽灯光和无尽的阴影，无限的娱乐和无限的沉沦

这个女人的牙齿已经腐蚀

她听着高亢的古典音乐。她颤抖

她们是群体，坚定地编织某种生存。陷于中年的都市蜘蛛

我们在公园的外围见到过一些拆卸的吊车

龌龊的钢铁吊臂上挂着几只白色猫的尸体

我犹在室内定居。透过净窗看灰蒙蒙的屋海

黑猫站立我身边，它的爪子在钢化玻璃上磨得吱吱响

黑猫公园（6）

　　　　　　树枝上站满五色鹦鹉
　　　　　　浮华的黄昏已在。黑夜未至

何需在乎黄金色光。我迷恋自作主张的幽灵般个体
　　　黑猫与黑系轿车
像提前抵达的暗夜吸收了全部光辉。黑色总是这样完备
无须任何分辨。它们渗透在深夜暴风雪的眩光中
我知道它们在。我等待着这个时刻
我注意到黑猫黄色眼瞳中有更深的渊壑
浓郁的星云迎着亮光微微收缩，又在阴影里扩张
我喜欢照料这个世界：黑暗和它闪耀的裂隙
（由此被证实为虚妄的怀疑论者）

我未能注意街边岁月遗痕。恍若终身囚徒
我不欲与人谈论自身的困境
瞧这工业，城市，国家和钢铁。大地灰白，荒谬已生
略微温暖的灯光下，我与黑猫相对。半个房间的距离
历史冗长，拖延至今的故事

绝望的事件，剧痛的谬误历程，可以被嘲弄的虚妄史诗

碎片般漂泊于空气中的狮子王的呼吼

弄臣的话语。如此而已

猫的鼻子微耸。我闻到了奇异香水（更多气味）和这个词

稀缺，与黑暗同在，绝无光芒，未有使命，无须勇气

我们意识到了

这场所没有开始与结束（无所谓突围与据守）

我们出入如惊弓的鸟。从荒草间。从花卉装饰的门廊

宏伟厅堂，高楼峡口，地铁通道

他们不曾注意此风景。这个领地。妄念，思想的肆意而为

（一稚纯的少女自名"阿肆"）

我感觉到怀念它，但不记得遭遇过。我判断它稍纵即逝

（掩藏它是愚蠢暴力或是恢宏的专制谋略睿智）

他们才是搜索者。优越而群集，所行之事恶秽且辉煌

他们目光如炬，有宏美梦想。盘旋于半空

言语充分修饰

（那些拥有空洞脑袋的狗愉快地装作思考

狗群散布四处。几条恶犬拴着链条，另有几只穿戴齐整

有一只吹着漂亮悠扬口哨）

我们太多妄念，却企望认知。带有病毒，丛林中的饿兽

盲目奔跑，朝向另外的范畴

我们未能以一只猎鹰的迅疾。比狐狸笨拙。颓废痴狂

对着野草丛呕吐。饥饿干渴，生理上的磨砺一应俱有

犹然急切难按。这就是一个界线

关于所疑问的一切。所思，在风声中感受过程的短促

阴雨天万物朦胧不清

鹈鹕的身影掠过城市河沿，嘴巴大而紧闭

黄昏渐深（雪作无根之舞）。茫然中现神秘建筑

入云霄的墙面充满现代感，一尘不染。我迷惘孤立

囚禁之外的禁锢。迎面遇见一些人心惊胆战且苍白疲倦

于滞稠空间的某类游戏感觉

我如此渴望睡眠。期待正确的事（何为正确）。止于困局

期望痛殴某个人，某一种局面，使之粉碎

我的头颅陷于药物过量的持久痛楚

　　有太多问题。我们是问题的大部分

我们似乎一切未知。仍一意孤行（我们正穿越街巷

行经娱乐街体育路以及美德大厦

沉浸于近处河谷的咆哮，呼吸时间的芳菲）

我去寻找黑暗汽车。它又一次不在记忆中位置，我能看出

我能看出来（有些时候）一个阴郁严密的话题

话语之域的渊壑洞开

濒临黄昏的一个梦境

我被狙击手击中，满嘴沙子陷入昏迷

（置身沙漠，似爬虫四顾，以躯体潦草书写）

我的手脱离了武器。距离一支步枪有一米之远

对话终止。我头脑里栖息的乌鸦飞离

（黑猫曾扑击它。它踊跃半空，四肢张开牙关咬紧

而它幽暗的羽毛遗落数根。一次伤感的记录）

子弹犹然在前进。子弹几乎缓慢地冲击过来

控制的程序显示出来。足以令人忧思其结局

枪手在远处瞄准镜中保持窥视姿态。这种情境令人窒闷

我把枪移交给对手

保留盛满瑰丽液体的玻璃容器

这么多的梦像奋飞。眼前忽然展现大片纯净草地

远方有群山，背后是宽大落地窗的现代居舍

此刻我们的脚印遗留在雪地上了

黑猫之印的边际如此清晰

    我的却无法喻示

（懒散的自由主义，后结构场之迷境的图画，等等）

此刻黑色轿车静谧靠停，像具有意识的机器

我不打算去何处。我仍将驱车前往

一如暂且停息的飓暴无可描述。我平稳行驶

遵循道路上标识而行。在红灯前短促沉思

（我驾驶的汽车轮胎挤过一层冰雪，皑皑景色黑影缭乱）

一部分大脑已如狂风（围栏内马匹亦狂奔）

我想到天地间可以无人。无猫。广寥的知觉

黑猫吃惊般抖落毛尖的冰粒。它像老虎般哀伤华美了

（一再被摧毁又不断精确复原的景色）

哀然像融雪的灰暗淌流，似乌鸦旋回的巨影

黑猫公园（7）

从一个词呼啸至另一个词

它是悬崖岩石，可没有这么古老。是可能的未来

是损失，溃败。极致之物。是狂野与性感

Royal Family[1] 之舞。是愤怒，哀伤，困惑

是竭力而为与艰难寻索。是吼喊，缄默

苦思与狂妄。无尽的欲望[2]，最终的极权与背叛

我在大片黑暗中理清思维

树枝上猫头鹰移动了一下

（我逗留在公园的长椅上，仿佛注射过毒品。未曾逃亡

流浪，云游于幻觉。散漫自在。我想着一个人的身体

少许快乐的经验。在厨房里打磨谷物，切割好水果

物与事被轻易修改。我啜饮汁液，让细胞充盈

我的胡须［智力的自我图画］生长犹如杂草。思想被抑制

像猫停止嬉戏。就是这样的姿态）

1　新西兰舞蹈团。

2　参见［英］莎士比亚《脱爱勒斯与克莱西达》："强权包括在意志里，意志包括在欲望里"。

如果坠落下去。如果降落伞像苍白花朵

以睡眠应对黑夜

在海中漂流。渴望着陆地。水的表层被鱼群的血涂红

局部的惊讶，失去广阔之感的欢悦

我设下埋伏。靠在石头上等待，这块巨石嵌入了某建筑物

这是合适的背景。我期待如黑猫戏弄猎物

时间如此充裕，房屋和这些屋顶如此华丽沉闷

笨拙的白嘴鸦翻飞着搅乱某个时刻

我犹自彷徨，想象充满敌意

我在马路中间骤停，前后无数机器粗暴喘息

黑猫出现在黑色引擎盖上，它的脚步急促旋舞

它在我的观察中消失。我的凝望猛然踏空

路灯渐次亮起。气温仿佛按照谋划下落

我能够听到血流激荡。皮肤冰彻像金属表面，像玻璃透明

在锤击下必然地粉碎

如何构成黑夜湿沉的幕布被撕裂时的确切画图

悲剧意义的探险又何如

需要绕过一只猛兽（如果不能。那就折返）

赞颂一个动作。在风中眯起眼睛。沉静瞭望

专业性质的舞蹈会让婴儿入睡，让婴儿的色彩之旅显示

从声嘶力竭的啼叫开始。无视疼痛之罚

妄想中这是一匹野马，落地伊始就奔跑，修饰着幻念

血液像巨涛，依赖于暴力

虎鲸啸叫，鲣鱼军队冒险移向洋流的清澈一边

一部分人类在考虑战争统治与繁杂经济指数

另一部分悒悒不乐。如畜栏里身体的忧郁一生

因坚实心脏无法舒张而痛苦，另一方面不能拒绝精磨饲料

无法抗拒身体的消费能指

武器有些沉重。而与思想的窒闷相比如何

这个词亦被用以说谎。更多的词掩饰此谎言

类似的词句像鱼群搁浅，鳍叶涂上烂泥。如疾风中落叶

天空云翳舒卷。楼影游移，历史与战争重复书写

旋律低迷回旋。我不观看球赛亦未关注演唱会

持久蜷缩在沙发里，我们被一部电影吸引

那些惶乱的影子映在街角墙面

我头发暴乱，几乎无法关闭大脑。黑猫急躁地跳跃着

它的纯黑毛皮闪耀不停，爆发出威胁的喉音

我们是准自由的公民，而为奴的镌痕未褪尽

为欲望驱使的战役像两匹公马在高地展开

（有一个独裁者，其余的人就须战斗，并且停止生活）

性感的杀手，她们撅着臀开枪，笑容灿烂

最后仍然需要严肃场面。最终的对决，如一部电影的终局

一场球赛。可体验的游戏。被种植的软金属时代

"一个眼睛长得搞笑的女士，一个矮胖的商人"[3]

网络是又一只鸟窝，里面喧腾不已

梦想飞舞（随时给不相识者发送信息），存在改头换面

　　　　（包括掩藏和粉碎忏悔的意念[4]）

时而扮演小丑与高贵者。在身体内部有深渊，峰峦

3　出自英剧《黑镜·致命鳄鱼》。

4　指涉美国电影《三块广告牌》。

全无逻辑。逐渐失去目标，随意而行

不妨失踪。交谈就此结束

食物有太多盐的味道。心爱的女儿回家，须优先照顾她

放弃一场战争也在所不惜。而且她喜欢猫

欢快的假期。我搁浅了一些问题。服用一些药片

（来到一家社区医院。许多人都携带着孩子

这一天是疫苗接种日）一种常态肯定在延续

我过多探讨了他们我们。忽略了早餐。在晚饭时倾力思考

猫在一边凝视它的鱼

我思索到的并非猎物。有可能是寻猎者所藏匿的某种惧怕

我体会到梦魇里的尖锐凶暴，已在现实中被打磨

游离了他者。如此寂静。衣着光鲜而丧魂落魄

像冬天街头的炫目光影

幻影中事与物悄然孕育。跨越过一段时光，越过幽暗栅栏

肆虐的暴风也不能撕开这样的宁谧

于是能够在傍晚迷失。在早晨夜间与正午，适合于掩藏

消除痕迹。像孩子们涂抹错字，摆脱原有记忆的控制

像造型优雅的斧子在木柴的表层卷曲

她突然消瘦了，成为另一种类型。时间的临界点

她目光在回避，已然丢失全部的依赖。嗓音嘶哑而辽阔

魅惑的歌声像折翅鸥鹭

打开腐朽结实的盒子。打开黄金与铁的禁锢，随性而为

我们遭遇手牵猛虎的人，看守绵羊的人。煮茶的人

遭遇绵延线索不停出现。我听到无数只猫头鹰正停落屋脊

黑猫的玄思，它的瞳孔微开

鲜艳的黄色显露：冷漠火光的边际

向日葵盛放的误读。沙漠及不确定性

我端着水杯，无畅饮之念。我们唱首歌吧

我们都不作声。职业性傲慢，沉默变得越来越久

"真精彩！你说的每一个字，都是错的。"[5]

5　出自电影《星球大战·最后的绝地武士》。

黑猫公园（8）

它展开无形巨翼

我欲继续前行，把愤怒与沉思结合
夏日来临，我抑制不住评判的冲动。我们整装待发
道路两边蔷薇蓬勃
出发点是失败者战线。像二战城郊的壕沟，葬送爱之渠
自由仍无从触及。我陷入记忆而窒息像暴雨中的缺氧动物
自由是猫瞳孔里的云翳，忽而飘过
一个明朗的城市一个阴郁的公园

我们正远离市中心。也可能相反，冲撞着人群
我眼睛里仍有海与湖泊那么多的哀然。我微笑
那时候乌鸦冲进黄昏窗口
它们的翅膀有一抹金色。随即消失
在我看来它们什么都不具有。因此充实
黑夜从一开始就生动
（俯瞰下老人成群结队，那些孩子相互间达成协议）
乌鸦观看。我感觉到暗物质舒张涌现把四周充满
我失去驾驶证，成为暗地里的驾驶者

此夜晚我梦见了雪崩（电影中的场面），世界重新开始

我被埋于浩瀚白色构成的黑暗

我仍在此处。黑猫舒展脚掌，心境开朗

我在海上下钩，钓到旧靴子（即使它曾经漂洋过海）

一个不间断发生的寓言

白昼愈来愈长。而一种暗色未能褪去如烟雨朦胧

春天已沉沦于此。人由于草木的狂欢而快乐，喜悦如河流

开怀大笑像一匹河马

吹嘘捧场阿谀调侃得意沉醉，依然只是平庸的象征

我们往血管里注射一类药物，静待波涛汹涌与敏锐感受

脉管被放松的一刻。春色明媚

光线强烈到几乎不能看清什么。老虎或许梦到类似的场景

一头鹿不会切开自己的身体，鹰也不能

森林的疑惑超过海洋。海鸟翅尖触及深沉水面

由黑色转为白色。其眼睛的黑色被漂白

大鱼径自在无际冰川的洋流浮游。悠久的记忆

这就是初始面孔。一瞬间清晰明朗，忽而阴沉灰暗

骤雨的悲泣随时出现

女孩在唱啄木鸟之歌。勤奋的行为可能颠覆一些观念

如果足够聪明：像天鹅一样嬉戏郊区的湖面

也像一些乌鸦盘桓寺院屋顶及其后庭

展现面前的就是宽敞明亮的大厅。超出我们想象

（仿佛由惊涛骇浪中上岸，眼前所见是漫步中的美腿）

迷茫时刻。我注意起自己形象，与猫互相打量

我欲收藏具有充分修辞的历史和全部的隐忍的波涛

为什么酗酒，因为口渴。为何吸烟，由于欲望的后退

忍受打击如婴儿蜷缩之形

我闻到了奔跑的悲悯气味。一路狂奔，坚持的变态心理

以及歌唱者的静寂综合征

城市一角，几头聪慧的牲畜在画布上涂鸦，兴致勃勃

老鼠四处游荡，猫冷目以对。有一些声音转向虚弱

围观者逐渐沮丧起来

门外有一种声音。那是什么巨型事物，如何广泛的力量

没有约束，令人畏惧神往。收紧的身心舒展

我把房屋所有的灯都打开。诸物分明

用同样的方法应对。我光脚踩上地板

感觉不及黑猫的敏锐与柔和。我必将离开房屋

我们中间谁更加不安

她忽然出现，身形艳美无拘束，热烈，冰彻。我凝视之

追随已久。沉落飘浮与迷恋

我奋力靠近，触及空洞

像猫的游戏肢体挥动，转而凝神忧思，瞳仁的幽暗扩展

企图吸收或者是吞噬某些喻示

我需要她的动作。需要针对她的行为。口舌的翻卷

容纳与吸取。冲击，忘怀。繁殖之欲

我独自撕开食物精美包装。此为过程

我是等待者，难以改变规则，亦无法修正大局

我在考虑成为一个赌徒，把自由的空气作赌注

　　　也把行进中的呼吸。生存价值几何

或者把每瓶酒都喝个底朝天。我根本不喝酒

我的眼睛和猫一样冷漠地平和。积聚与隐藏更多

旁边黑猫的眼神锐利。它停止于我的身影，熟习于分析

发出低阶喉音吞食漫无际涯之思

我控制住一阵咳嗽，像沉落的天幕遏止住雷电。我加注

加上我的企望（和某种可能性）

一部分蓝天在流血。这由我们的公园可以看到

我们遭遇过另一些人。他们的眼里天空如洗

他们倚靠山峰与巨人做虚假对抗

"你过的生活很危险"[1]。此语含有威胁预警或者赞许

像一个打扫酒吧的清洁工进入良梦与妄念的废墟

在酸腐温暖的气味中丢失最后一丝期待

拒绝黑暗就是放弃力量

这里是一瓶药丸，黑色的精致胶囊

第一颗让你入睡。第二颗启动梦境。服用三颗有哪种征象

1　［挪威］尤·奈斯博：《猎豹》，林立仁译，湖南文艺出版社，2016。

我倾倒出药粒：如果仅吞下半颗，我是否停滞于某种失眠

即停止于语言（文字状态）。难以控制地由词撞击向词

造就满地碎片的现场

他们找不到另一只猫的。[2] 荒原上鬣狗的想法

黑橙色，像落日

2　化用自美剧《X 档案》第十一季台词，原句："你们不会找到小猫的"。

黑猫公园（9）

思想的秋分。我还能够（在不自由中）感受到它

深刻持久，处于语言的深渊言语的广寥之处

这是具有无限抑郁的胜利，如孤雁的长空鸣叫

梦境中抹香鲸群消逝于蔚蓝

自由的中局如此低沉像巨浪触及岩石的后退

    我的幻想我不能操控

    我的天鹅我不欲捕获

这位女士在给狗做美容。他们乐此不疲

旁边是花店以及茶室

当日的话题是忠诚与优秀

腐烂的夏天培育了犬类的热情，它们开始咬人了

市井间传闻不断，为之辩护的人同样激烈

奴隶也有哀愁的眼睛。像忠诚老狗收藏好那种怒意

威权时代造就混合着血雾的宏伟历史可歌可泣

如今消费与娱乐筑起大的空虚及其历险

猫的瞳孔闭合之刻。幽深森林的背景推出

犹如逾越出暗淡密林的惊慌失措。我未及收集阳光

但积集了诸如暗夜的物质

为什么无节制地畅饮，酒鬼的回答是因为口渴

为什么迷惑于搜集与进行事关所谓自由的幻想

人的出发点是保护自身，潜在的风险是对抗所有的他人

这是一种温暖的眩晕，胜过了冰彻的警觉

我重新阅读普鲁斯特

观看部分足球赛和一些奇怪未必存在的演唱会

猫以慵懒不屑的态度伸出爪子猛然拍击。悬空的疼痛

我愕然伫步于十月黄昏，眼睛布满血丝眼圈发黑无比困倦

我深受时间的羁绊且遭遇束缚是一种常态

就剩下无羁心情了。像沙漠甲虫埋首于光影

我种植了最艳丽叶片的树木

奏出可悲命运的第一协奏曲

不管接触什么乐器倾向毁灭的可怖旋律已然流淌

我想我或许过度解读了一首乐曲的痛楚停顿

滞重的谱系，舒缓而低迷

冷静极美的猫，黄色眼瞳布置在通体黑色之前
中间竖立细长的夜雾特征。尖牙在无意间显露
像漫长窒闷历史中一闪而过的荣耀事件
它的表情忽而愉快柔和。眼睛里有绝望的空隙
　　　冰彻的柠檬火焰
我意识到了。我们都比对方隐匿得更多。必须如此

我发呆了一会。黑猫聚精会神。风暴急欲返回
雷电很快就要来到此城上空。或许我们应即刻放下分歧
时而沉浸于谈话。简短的交谈，和一头老狮子
它鬃毛披散像虚幻的烈火，目光脱离昔日领地
我们的血液里尚有风暴之灰与老虎怒气的余烬
彼此双方的话语像极地中钢铁一样硬冷
我亦和我全能的机器交谈
它得心应手，如古老武器，像能够连续击发的精密枪支
我们的腿上拴着虚构链锁，策略是欺骗过魔鬼
权力可能是任何人。自由可以是任何地方

智能的机器在呻吟，渴望驰骋中的速度与无羁

金属前盖下的引擎急速战栗像猛兽心脏，油路奔腾像洪流

我的瞳孔和鼻子同时缩起。竟是往事的无聊气味

我像猫一样安静下来

毫无疑问。我们试图确定身在何处

我们考虑到湖泊，持久停留的光阴。或绕湖而行规避时间

或全盘接受河流的自在。会有意料不及的经历

与菖蒲共同露营，只为纯粹的风吹拂

此为生存者游戏。此必为无以排解的困扰

不羁的想象令人尴尬如对生存本身之剖析。像一个人挖掘

不是为了耕种与掩埋

他在寻找一具尸体。存在与否的证据

我们有太多的耐心，甚至等待到了死亡

甚至已经在漫长时空的矿坑里深掘

或者这个词出现了，场面景色明朗开阔起来

我们仍然行走在暴雨领域。却望及此境

"残暴的愉悦结局于暴行"[1]。想象于迷茫扩散

被词语困住或被风雪所困在概念上趋向同一

我戴上黑色面罩。接近一只猫的形象,被猫的语式控制

所有它自然暴烈的由来,豹子与老虎的游魄无从阻碍

这并非理想,仍是终局

　　可以回家了我想

1　出自美剧《西部世界》第二季。

黑猫公园（10）

> 他们步向了阳光与广阔
>
> 但我看到的仍然是消失

犹如在出狱日期前一天越狱的犯人，自由迫不及待
将自身置于险境
而之前静默地观察墙壁如眺望远海
当我们行走于宽阔大道，已经形容憔悴抑制住怒怨
步履自如我与黑猫。渴望无法企及之物的哲学范本
必须越过一百道墙，一千条河。欲望欲望，在大脑中燃烧
一直就是。火焰让脑室灼热

"给我一间带窗子的囚室"。"祝你有一个窗户"[1]
欲念的错乱与变异操纵事物的幻想奔腾，太多幻象之语
眼睛里有迷失。数代人的困惑抑郁
那一边的话语则日益贫困
这个人把一些人送进囚笼。这些人把一个人切去脑质

1　出自美剧《国土安全》。

保留生殖器官。非惩罚与推崇

是修饰。改头换面的鲜明特色

犹如掌控，是获取的乐趣与醉意。是禁止禁忌。普遍事件

狱卒亦为犯人服务：清洗被涂抹污秽的身体

让他们在暖阳下徒步（太阳照常升起），相互斗殴

广辽的监狱高墙绵延，有梦境雷同

我尝试接近陈旧不堪的笼壁，企望消除更宏远狱所的图像

如靠近精神病院，强壮的看护们在偷着乐

他们定时诵读传世颂歌，古朴典雅的言辞风格。艳语飞舞

早晚必服的药物

被熏昏的身体五官犹在谈论某种气味

没有羞耻之物。唯有耻辱本身吞噬着

广阔仍是广阔的影子。燃烧亦成火焰倒影

妥协臣服和更多的犬儒式欢乐被见证。这加剧了抗拒

一条项链中的两个环节。学舌的鸟的面孔具有不确定性

黑猫的脸如何。谁会图谋拧断猫的头颅

我的大脑一隅闪过猫悬挂于灌木

阴郁的图像。仅仅一瞬，足够清晰，足以让心跳急遽
猫的瞳孔没有颜色也未能反光
或许那里吸收着光芒，逐渐沉于普遍的暧昧

我像动物一样嚎叫了，而未有如人类般哭泣
黑猫的呼喊则如婴儿直率。同时神秘莫解，具有原本性
冬日延续，长发如干草。莫如远行
飞机在高空疾速飞行。机舱中的乘客困束于静止
一只小鸟盘踞在舷窗。你可以说这是我的房子和我的猫
可无法说这是我的自由。这个词时而无比空旷
（像气球极易在响声中爆为碎片）
时而像碎裂的岩石。它击晕言说者

"你们说的不对。你们在撒谎"这并非指出
只是拒绝和难以接受和痛苦自语
"他们威胁过你吗""我是你的律师。"
这样的对话意味着结局。可并非如此，这里看不到隔离
没有界线。不许出声。丧失话语，存在是空洞

空洞也是词。我和他们之间对话很短，气氛紧张疏远

此理想主义者必须饰演的悲剧性人物

即使同伴都移步到喜剧的场所，变换了角色

此为幻影。无际的草原蚁冢高耸密布，鬣狗遍地

猫科动物的深眠产物

黑猫的蛮荒与恐惧繁荣之梦

像老虎靠近湖泊饮水，它每次观察倒影即后退

我每日逼近镜子察觉一种痕迹有相似的动作。黑猫呢

犹然在公园漫步追逐逃窜

无视时间如空落的荒漠长镜急速推移

此处是远离蛮荒与群兽之城。我们相继失踪

所有场景的出现始于这个词及其前言。可以接受的解释

　　或者更换一种形态

而月光下仍有喊叫的权利。寻回此自由

阴雨绵绵的悲伤歌唱[2]

2　美剧《杀死伊芙》第一季中，小女孩对杀手如是说："因为你很悲伤，悲伤的人往往都是好人……"。

天际压得很低了。众建筑透着点滴亮光

桌上有抗抑郁的药丸，边上是红黑色彩的零度可乐

这个季节。反映此哀恸的有眼睛和天空

此种抗拒如婴儿的徒劳挣扎。旁观者未能如母亲暴怒崩溃

我得把自己捆好来听。这是一生的工作

实现一部分想象：幻象本身之语

文字而已（我们的战利品和接连挫折的象征）

对于孤立的人与黑色猫的沉睡之状，此境正绵延

我独自在家。你们可以指证我

黑猫公园（11）

云霾沉下时，房门在迅风中敞开

暴戾之夏拉开帷幕。情绪之惶乱续延已久

努力跳跃的黑猫

我们仓皇而奔有许多理由

城市的道路繁复，宽敞或隐秘。而我们非旅行

目标犹在咫尺行程莫测，胜利亦将空虚

或如鱼浮游于无涯且茫然之水

猫踩入捕兽器。像一只豹子被捕获

似乎恰如其分。陷阱的布置用以捕猎动物

狗被养来追踪。对于人类这就是个笑话

一只猫九死一生。一万条狗发出腐烂之味

如何转化为追猎者，寻获无边莽原与深蓝处境

我们在护栏一侧忧思。在马路边挤过人群，不停考虑

我们都曾被要求讴歌颂唱，被规定了语词

何为浩瀚之自在，巨翅拍击云层舒卷，风放纵至消亡

我们深思已久

具备像运河里休憩驳船的灰黑表情

如黑色奔驰谨慎的动力可随意驰骋，而犹存疑虑

此一部分人讳莫如深，另一部分人深深迷茫

在抉择面前比自认为的强大，但是否强于他人值得担忧

像睡眠中尖叫：猫的惊叫此起彼落。在此范畴之内

这个春天如此快速到来与离去

关注过细节。亦为具体的状态疼痛恼怒

忽略本质。然而未曾有本质

所有的光的区域都充满灰色尘粒。昏暗中有更暗的暗影

熟悉这只鸟。它有多少次出现路面然后轻易消失空中

飞翔者独自居住附近。一只猫亦然

独自行进有多种可能。然而心境苍茫。然而然而

乌鸦的思虑略为接近

由于它们的颜色和嘶哑叫声

我们对存在者的认知武断而仓促。继续这一类分析

实际上我们对话愈益激烈

幻念是强效药物。分析接近于粉碎或在鲸腹中漫游海域

猫发出低沉的咕噜声，背毛耸立

我惊觉于眼前的繁复图案

2019 年茂盛夏夜在浅梦之园被袭击

冷冻侵入我的肠道，收缩的寒意十足的持续疼痛

甚至无法惊醒。睡眠逐渐深远

冰原中的一处房屋，一个病入膏肓的杀手阅读着晚报

每一面都是彻骨的冰寒

我们穿梭过街巷，行走墙影间寻找幽深兔洞

公园之路径错综。仅仅需要合适的场合

我们仰首看沉郁天空中孤独寻食的雏鹰，在群楼上方

接着在湖面之上靠近高塔处。上下翻飞，发出断续叫声

但我们未及听到

我卧于一片草地，像猫伸展着躯体。慵懒舒适的形状

　　　　和对于沮丧时刻的描述。我搜寻词语

黑猫公园。随意界定而被固执的范畴

（或者说自由此语就是未有设定）

修辞广泛之美的不确定段落或思想的浓雾区域

等待组合的词。游戏，美丽玩具。阅读禁忌

我们沮丧着。似被隔离，就在此城市某处。散步即至

如在海洋中口渴而死，被鱼儿嘲笑

如此残局。绝望如花

黑猫公园（12）

　　　　猫品尝到自由，性情才温和

你听说过猫被阉割的故事吗

这不是事故，是常态。语气够平静吧

而所有犬类的下巴都掉到了地上

熟悉已久沉醉古都，暗影幢幢机场路倾斜而去

它经过市中心某豪华台阶。冷硬的花岗岩，散漫的冒险者

像攀爬莽原巨树上瞳孔暗褐的孤豹，阴沉之极

手机屏幕时而在昏暗之外闪亮。隐秘费猜想

我们未能改变什么。时间愈加漫长

随意扭曲，无可把握。这里没有路径，唯有藤叶蔓延

另一场景现身如音乐转换：住宅小区的绿地，有小群野猫

它们的快乐是维持慵懒和任性以及疏离

我们仍在昏迷中不可理喻

我们曾敞开旅行箱承受检视

用对话回避与阐释问题

两个病友的交谈。而那些男人在训练马匹和鹰

威严与自得浮现，他们都很健谈，用语圆熟如闷热气候
囚禁妄想之油腥传说。令人疲倦之物语
我们试图把窗户开条缝，诸如此类。依然寡言

那只花猫在夜晚的沉寂中穿梭街道成为尸体
醒目的斑纹仍然被忽略
难以分辨的黑影跃过会是如何，在商业的喧哗中呈现如何
精致的猫咖啡馆气氛颓废腴丽。是否攸关
黑猫紧张地弓着身子
它注视洁净窗子，那里一只黄蜂在向内撞击，坚持不懈
它转而凝望我，疑虑丛生

黑猫的世界色彩简略。自由像纯白的飞鸟适宜追逐
而这个概念脆弱与兴盛都仿佛蒲公英
我仿佛无知孩童，回忆着猫的动作。自在同时迅猛
常常它的身子一晃，已在我的副驾位置。像词语的能指
谁也不能确指它
有一百种观察的方法与后果

简朴深邃的描述获取了狂风的力量

怒气冲冲的黑猫携着它的孤影遁去。我怀想不已

我用一些语素来建筑病院。用另一些图示困惑

用更多的字句造就幻想。这显然更加徒劳

无所不能的幻见。我有了摇晃的世界，如秋天的暴躁

雷声隆隆，高亢之音悠缓滚动

我切开粗壮血管。生命趁机狂奔

我们迅疾穿过灌木花丛街巷胡同牲畜与庄稼娱乐与武器

　　　　繁荣与颓败机械的狂吼和嗡嗡数码

这缘由太过明显。哦呵。也许疾病随着夏日消逝

被大风吹拂四处播散，离原来的身体已远

我恢复原状我们恢复了原状

捕猎与构筑之想，单方面的全部的寓意

如古老房屋收拾一净，但不同于暴雨冲击的明朗的石块

柔软又温暖。瞬间之错

鸬鹚的羽毛梳理已净。几只鸬鹚呆立，公园如此寂寥

被修剪过的草木无可挑剔。花开而枯。黑猫轻盈蹦跳

时光记录者步履蹒跚。我茫然搜寻黑色电光

我们唱着歌划着船点着灯。河流连续，街道交错

驱车疾驰，区分何在

有一阵风吹过去。当下的惊愕

急速咳嗽，或与风呼吼

狂风可是真，街树倒伏而耸立

远处天际飓暴的灰蓝色迹痕或可供读解

信件并非来自乡村亦非历史。信息源自未知

我们的猜测。我们迷失于建筑群里

问题的所在：房间，门廊，通向幽秘之径，路标与铁栏

这乃满是岔路的花园吗

最短促的白昼最明亮的冬天。存在之冬，猛兽自禁之季

结束之月。空间冰彻像固体，亦如炎热时刻

　　　此局极难改变

现在我是自己，百无聊赖者。黑猫样子更可笑

装成一个阳光依赖者。它暂且于半空飞翔一会

我的眼眸已不清澈，它们凝若墨汁

黑猫的却如盛放葵花。色彩恣肆

我们的呼吸由急促变得粗粝又转为遏制中的柔和

我们和其他游览者及居住者不一致

我们被训练好在疾风骤雨间听隐约之语。嘶嘶

我们甚至不想打破鱼类的沉默，亦不与梦对抗

从今我们可以对某些人与物某类存在充耳不闻

前方已是无尽之地

语言繁华

（2018—2020）

世界很冷酷，很唯美
谵狂之刻，语言繁华

雨　夜

植物由于惊恐开出花朵。极端之月份，大雨滂沱
一场雨在两个时间中下着
雨打湿衣物，湿濡河流与睡者梦境。星球一团湿
耳边有爱说大话的青蛙，手指佩戴金属石块
　　　　眼睛被深刻涂画

夜晚在消除隐蔽，去伪存真
向巨大亮光喷涂的熠耀的黑暗
窗内的暗黑静止清晰。窗外一派混乱
盲目之夜许多裂隙
看到大雨，望及五百个闪电

乌鸦之语

持续低温。天空乌云翻滚，思考肃穆阴郁
布局蛮荒之美。而心怀恐惧
听低沉滞涩和音：纯净是边缘部分的静默
置于颈项的刀锋。有人携光芒而行
长出幽暗翎羽（驾驶玄色汽车驰过桥梁）
血管紧缩。下方是狂醉中重叠的潮浪
更为广阔的言语来临，以此范畴压挤浮躁想象
亦以挑剔目光注视琳琅之物。扫除鹦鹉的烦琐格调
如此伤感深邃的鸟类

我欲往其居处，那低调奢华场所
完成顾虑中转变
太多无法击败的敌人。我身体一边现出乌鸦
世界失却平衡。姑且阅读

演　绎

戴面具的人上场，缀有共同的权力印章

热爱演出。他们被精选出来，就像祭品，优秀者

最佳的食料。或被命名为品尝的人

他们嘴巴张开，眼睛形状接近于河马

空洞而残忍。这些目光全神贯注，紧张，冷酷

控制住气氛

有必杀的决心，毫无怜悯

一场球类比赛由此开始

这些幼儿的管理者把暴躁的音乐声极力放大

闪耀的灯光里一无所见。表演者心无旁系专注舞台

面具露出笑容

此纪录并无意义（现象尽皆如此）

朋克已过时。一千个富人宣誓和人工智能交锋

垂死公牛与狮子荒原及雨季的消逝无关，与暴怒无关

公牛的眼睛那么小

平庸暗淡，浑浊瞳孔映出星球一隅

亦有慰藉

乘坐电梯升至云端。走出房屋

急遽飞落。肢体破裂悬挂于树杈

身体原本虚弱

可以被谋杀，被微小病毒吞噬，被任何恶意侵袭

这个人摔在泥滩上，嘴角流血。他被击倒数次

未能反败为胜。如此之久

磨损之丑陋。像报废汽车固守在市区停车位

像狸猫昏迷于森林。像墙面污秽的旧屋

甚至没有废墟的惶恐之象

昔日的美遁去。人没有枯草的芬芳和风化岩石之苍劲

我从没有看见过一只老态龙钟的鸟

然而有老迈的狗与牲畜和人类相互观照怜悯

当然亦有把弹药置入枪膛的慰藉

消逝之地

死亡远比此在人口多。此人在书房翻遍典籍
每一页都有着悲苦与恐慌
欢乐皆为修饰。时间固然友善，坏天气流连忘返

他骑着血管痉挛的快马。且以木棒打击心脏
蓝天于瞬间展现的原野显示出悠远
在雨中行走无所遮掩的人。他有耀眼的思维

这是个有礼貌的人，对其他存在物充满怀疑
依然彬彬有礼言语有度。保持了一种品格
在行旅途中听摇滚与民谣。这未必说明什么

那嘶哑的喉音取代了疼痛。渴念天翻地覆
犹如一团茫然之夜。这就是无边爱意
此人非杀手。他驱动了更为辽远的杀戮

钉子穿透画像，直指脑袋发型完美的部分
去除某人的头颅像采摘花蕾

具有占据欲望的美丽女孩们狂叫着冲过绿草地

而无须生惧意。如烈日的夏季兰草一意茏葱
记忆的色彩浓郁。鸟雀在枝叶间犹自高唱
告别者漂浮而过：无聊的身影和病人和坏脾气者

烟草与水手

图画般的太阳悬挂着。阳光匿失踪影
乌鸦在冰彻的河流上清洗翅膀
它们将打开盒子，停息于楼顶，发现钻石
并且等待破碎的山峰（像一个人等待积雪消融）

我摸出枯干烟草，将其卷好。悠远的记忆重复
瞳孔燃烧成枯花
我把蝴蝶贴到窗上。曾经丑陋沉滞
现在如此轻盈飘逸，印证消逝之美

而远方船只在海面上被午阳严厉灼烤着
水手们瘫倒甲板。"不能服从就闭嘴"
这条船的原则如此，华丽而肮脏
形状庞大，梦想着奢华。讲述历史即数落苦难

如何狂怒，如何使用暴力。即使内心秉存善意
我的一部分在分解，孤立无援。需要默许

都市幻想症

缓慢地剥下面具。彼此朝对方移动

接近，为了对抗。挣扎着醒

为罪行寻找证据。乘坐地铁穿越，以汽车跟踪

率直开枪，灭口，或撤销监控。普遍的谜题

太多秘密在花丛蕴藏。于风中消逝

马路布满树影。清晰的布局暧昧莫辨

四处浮动酸腐气味。多人烂醉如泥，借酒装疯

朝着空气说话。亦期望以幽默调侃，妙语连篇

确实一点都不好笑。内心冷酷即为原因

查阅辞典。何为被扔出窗外，痛不欲生

已然具备钢铁意志与淡泊心态。姑且围观尸体

围观乞讨者，成功者，此类表演和现场交易

获取真相或能够活着，活下去

佩戴宝石蜘蛛与云雾灯光

尘世无荒凉之地。此为风中乱语的房屋

狂驰过快速道的知觉濒临幻灭的老虎

为君奏演

她解开上衣，将宽大的裙摆上撩

嘴唇开启。像树枝般战栗。她的脖颈像火烈鸟

清澈河水拂过脚踝。她精心装扮

完全变样。平常模样消失

她不必表演。这就是她现在的情状。妖艳，闪耀着

这种美并非在意料中

她的眼睛给自己投射了一片暗影如雪压下的枝杈

又有寒夜的强风吹过

她就是那个人。与一些想法对抗

在清晨经过麦地。在街边停下，等待呕吐

墨绿色跑车如潜伏的猎豹在她身边咆哮

她肢体饱满，眼睛里洋溢泪水，容颜像早晨的雾

她谈起生活。继续你们严重的操蛋余生。她嗫嚅道

她深邃与暗冷，让生存的这一面耀目

令人生疑惑。他状似无目的地击打琴键

乐曲像洪水彷徨。他凝视一场暴雨许久

节奏杂乱，声响沉郁

他的音调已更高更加准确。像著名乐队

他看到毁灭的光辉。于是微笑，呼喊

徒然寻求援助。挥舞利刃银灰的锋芒

而他散漫的言语意识到自身的空旷虚无

他径自脱衣暴露出健硕身体。滑入海域顺畅而静

他仍然在生长中，急速分裂。他亢奋紧张

他的妄念占据了主调

握紧云雀

疯狂的难度缘于慌张喊叫而非判断
被诗歌控制的词会痛苦吗，以及被摆布的乐器
乌云过来在屋顶上良久不语，发不出声
一场有关联的虚惊。无数花朵拥抱着传染枯萎

被流连时光的暗火灼痛，每一刻之清晰错觉
未有动机。受伤老虎的结局无可预测
我需要清理创口。此刻窥之雾漫入每一扇门窗
被凝视者似乎隐藏又袒露着。灰白羞怯的躯体

许多事已然发生。消失之刻，猝不及防
呼唤之时，网中一无所获。真正咆哮而去的河
像一个人被搜索了全身，被劫掠一空
我们被系于此处。像孩子开始关注简洁话语

像在墙面上敲入固守的钉子，垂挂一种风景
或执意谈论季节与水果，池塘，疾病。寂寥之物
我们观看一个更老的老人被小心搀扶过去
我们黯然敲打武器。手中已握紧死去的云雀

喘　息

轿车黑亮的前部有树枝倒影，如幽暗之林的诱引

道路像坚固之河。车轮卷起斑驳落叶

乌鸦在窗台上意欲何为

它飞过了一个世界，给出预告。但需要猜测

全身乌黑的鸟，翼尖探出了一个国度。它在呼吸

天宇浩阔地喘息着

灰暗的云团罩覆于市中心陈旧的建筑物

居民们面孔阴沉而布起笑容

这个路人把烟头丢弃在路上积雪里。他应当羞愧

他们狙击了鸟类

我们正在接受治疗。那些人辩解说

一根巨型管道排泄了污物，与尊严的重建亦有关联

　　革命的话语另有准则

苍 老

黄昏突然而来的雷暴把现实中的某个期待浇个湿透

转变为无所言语

徒然呼喊是无边波涛中的歇斯底里

此处仍有些许性情乖僻顽劣者。被城市的繁荣掩蔽

这情形如锤头鲨游弋深海

他已苍老仍需要去孤独扑杀

他张开一双被放逐者的眼睛。流浪雄狮的眼

他很疲倦渴望沉睡。他的眼皮被一根手指强行撑住

刮胡刀淋浴和良好睡眠此类文明让我瞬间神采奕奕

我等待愤怒到来（这个人的脾气已坏）

等到的乃是愤怒的窒息

乘坐地铁

风从冰冷的身体擦过，钢铁的建筑迅速降温
奔走者捂脸遮帽漫无目的保持迷茫

我乘坐地铁穿行于层表之下，在其中看望黑暗
锐利光洁的金属容器。闪烁而过的沉思与惊愕

而酿成答案愈加犹疑。直至穿越地面
植物被用以规模化修饰，呈现超越季节的躁狂

忽而有临街窗口一个房间爆发出尖叫。火焰蹿出
那人购买了一整箱的敌人

我窥视着车窗瞬息间映照出的自己的脸
若有所思并有不以为然的刹那微笑。妄想症深入毛皮

就以此构成老虎的花纹。巨型的身躯可于此存放
我在向内观看，这无意的提示胜过一堆雷电

我独自一人以脑袋抵着墙壁

以一种姿态望及这世界的孤单。毋庸慰藉

语言灰烬

我怀着迷惘和疾病的热情辨识言词，嘴唇发烫
词猛然飞去。我把一些词投掷出去
环境更混乱，事情更糟

有人雄姿勃发，另一部分疲惫不堪
有人由于豪饮死去。周围的人陷入友谊的沉寂
有路过者说他身上满是臭味。谢谢指出这一点

另一个人显出酝酿已久的错误快乐，幸运降临
贪婪的老人和无从满足的孩子。请带来食物
我们都在。我们在任何地方。可能如此

她来见我了，空洞的犹豫的美的笑容
她吸了毒，体重过重，美丽的脸浮肿着
她的陪伴者带着严酷的表情。我们对视数秒钟

目光倦怠而锐利：像收割的刀锋制造出某种弧度
被强迫的思考路线。日益混浊与日渐盲目
且收拾起错误之句他者之语

影像奔驰

汽车接连闯过雨幕。大剧场的表演已然完成

舞蹈的全程匍匐而行

持续地倒下与挣扎。历经数十次排练

士兵们的方式雷同

猎物不分大小，狩猎者的兴奋保持着均衡

转眼间反被追踪，陷于迷惘。火热的战争图像

我闻到枪弹的金属味道。速度飞快的甜味

水果砸在墙壁上

精神深处的爆炸。不能冷漠之战，冷酷的战役

肢体重新布局。保持冷静，士兵

老鲑鱼

自从那条河里出现尸体，那个花园引诱了幻想
有人像太多话语的青蛙一样着迷于雨季

像洄游的老鲑鱼宿命般冲上急流之刻的迷茫
亦如风暴卷入洋面的漫不经心

第 22 只乌鸦经过了景象芜杂的墓园
不经意间为其翅膀的色彩增添了光阴的厚重质感

谁知道呢，这个人一次次阅读复制的信件
确认这个信息。期待改变事件的进程已不可控

这是什么都不会发生的空气流
宁静地深呼吸像树叶迷醉颜色变红

速溶咖啡

大树倒伏，锯树的人默然转身离开

他未能踌躇满志。脱离了这一场境

像攻击失败的狮子披散毛发悲愤而行

此君困于疾病，发烧以及疼痛难忍

他吞下一大把药片。对于一些事物重新估量

像一只乌鸦重新阅读每个词

我喝下今天的第五杯浅褐咖啡

第三次把汽车开出车库。马达的声音愈加柔和了

道路上覆满了松针。我对于所居住城市的幻觉

于梦魇的郊野停车，轮胎陷于云雾

听独枭的号叫及其翅羽的扑扇

一座大厦崩裂开出巨型花

羊汤馆

天空燃烧。红色跑车载着病人在马路上吼叫兜风
四处拥挤期待翻阅手机的人群。模特的表情
腐败者像肥胖的虫居住豪华屋宇，卧身华贵地毯
贵重的死亡仍几近无声

中山南路老羊汤馆的电扇持续沉闷地转
我品味着羊眼汤羹，内心渐趋昏蒙
女孩与葵花秋天书本鲸群盲目的爱欲渐次烁闪
如黝黑工蚁传递无尽的时间中的尸骸

狼终于出现了。一共四只在灰色的森林边缘
如猫怀想鱼的脚步。随后被深灰的雾吞没

通红落日

不给人沉思的时间吗。巨熊的身影移过初寒之林

通红的落日悬于来福士大厦一边，被遗忘的充气球

我感觉它在绝望地浮升

不是给某个人观看。人就算了

他应该化为尘埃飞舞，被风吹至看不见

暴雨泛滥像熔岩一样

最优雅的是最暴烈的

记忆多数浸染着情色

为遭遇喜悦离开忧愁

直到悲催贯穿于始终

秋天已坠入深刻。随后一整个冬天徒然求索

绘与窥

作画，时而抬头凝望之
他所临摹的对象已变化
他一无所知。描绘出肃穆的脸和伪装的信念
景色是万众熙攘的广场。但被涂改成纯色墙面

这根血管看起来还可以。毒液汹涌而入
锐利的虚假兴奋。过量的药剂和失控的局面
向来如此。自然没有礼物馈赠
规则像铁块冷硬

她逼近窥及他的眼睛像发疯的野牛
往日的温顺和平和消失如旱季湖泊干裂之地
这瘦长的身躯现在形似武器。她紧张期待着
菊花在灯光里忧郁，闪电爆炸于夜空

荒凉誓言

我对春天过敏。头肿得很大,花卉综合征

和蔷薇一起开放。向毁灭与枯萎致意

我是收割者。切断肢体如此轻易,汁液芳香四溅

我戴着面具仿若遍地繁锦

我屠杀牲畜。将它们开膛破肚悬挂尸体

我是未来之兽打磨牙齿与钢爪(亦可能擦拭枪支)

　　我装作闲庭信步

印证肉食者在捕猎之刻的想法

血比鳄鱼更冷,流动比湍急河流更快

我默诵缤纷的谎言

以为忧郁是言语之王

疾病与誓言如此险恶,伤感与沉沦如此艳美

围绕高楼的一片光线颤动如充血的透明巨翼

我遁出了暴雨的深色幕布

购买了石榴和葡萄

而丧失时间与某些观念。端坐于白色抽水马桶

如登陆的飓风试图背叛自己

我的冲动被放置于寒冷。广寥背景如画卷推出

我为我目光之荒凉吃惊不已

深夜里沉寂的市中心是我爱好

它为暴风建造。我把书夹在腋下走向无人的地铁站

我一再地加快着脚步

由于我受到嘈杂的谴责与嘲讽

声音是事件的一方面。渴望睡眠是另一面

阴霾的情景养育狂喜，明朗制造着仪式

遍布梦园的迷惘牲畜，那般庸常的诱惑滋生

策略是随遇而安和肆意妄为

我听凭复制与重新启动（不必是安全模式）

开始了。我决定给一只鸟所有的羽毛

乌鸦学者

昏暗之鸟以短暂失神的双眼俯瞰白昼

翅膀拖曳至夜晚。暂且合着嘴一声不发

构造出整座城的情态

（此种缄默源于古老历史）

而"辩论是民主之魂"[1]。咳咳太疲惫啦

乌鸦学者的早晨喟叹。傍晚神采丰腴羽衣漆黑融于夜

哇哇大叫批判与书写不停（洁净雪地随即布满涂鸦）

听见者捂住耳朵看见者闭上眼睛

怀念那个凛冬之晨

沉闷空气刻印乌鸦惨淡的结论

像流落街头花纹野猫戴无表情面具于诗学的领会

悲怆之剧的崇高。如此相似

都在努力掩饰表面下的忧愤激荡，礼貌与和平之盾

柔和的语速与狂啸的句

密林边缘的一只老猫头鹰。咳咳

1　出自美剧《夜魔侠》。

时间之慌乱

她驻望着一片柠檬灯光，明了一切
幽黑闪亮的轿车发动，迅猛离去。黑夜被颠覆
她把他想象成一处奇异建筑。把他们当作华丽废墟
历史与现实，焦虑如出一辙

厨房是重要场合，令人倍感警惕。振奋与沮丧
所有暗沉的金属餐具制造着经久感伤的记忆
餐桌则为测量孤独之所在。手枪左边，面包右边
周围的椅子空着。故事在继续

田地里向日葵和小麦都十分宁谧。类似自在
她的皮肤平滑柔软像远去的时间记忆
像起伏的水流无以界定。像太阳的光晕
令这些谄媚的植株欢乐而狂速的火焰

另有光辉渗透至肌肤骨骼及内脏，浮现为玫瑰笑容
艳丽的花束掩饰了暴力。随之花的腐烂或有所思
她独自美丽。在孤独中抚琴，优雅的悲剧环节
这世间又何为喜剧。又或者花枝已让时间慌乱

马名乌云

内心慌乱。漫游荒原的马匹闯入繁荣街道

鬃毛紧张地竖立。跨越直率而出乎意料

四处广告人群。背景构图绵密

孤立的马为光影时代冷酷书写

妄想洪流的群马却如乌云翻滚

其间有闪烁不定的光晕，最终的辉芒

马群在楼宇的过道间匆匆而行。而没有暗影

没有比此处更昏朦的所在

每一间屋子都沉落于身影。相互的遮蔽

寓意在晕眩。政治的紧张感持续着

狮子疯狂逃窜，子弹迅速追击。马匹吃惊

它们有英俊的脸与健硕身躯

徒然惊异的词句

有两匹马在谈论各自的疾病。优美的身体扭曲

它们无从体会更广泛的疼痛，隐约的异变

它们不可能看到这个冬天了

特殊之冬。寒意隆重的荒野将更显辽阔

白色猫头鹰

少年时我垂钓于河流，现已年长驱车去海洋
昂贵的钓竿折叠在后备厢
我要捕获一条巨鱼，与我度过的光阴交换
我已听见波浪翻腾，牙龈坚固的恶鱼瑟瑟发抖

大江清澈而黑暗，如时间之深邃
顺流而下与中途沉没者不计其数
那么海洋呵，是永远的散漫。无须停顿亦无须前行
就像迷茫晨曦中望见大群鲣鱼

我的俊朗信使漂浮大海。冬季的海面沉着而平稳
将杂物收藏于视觉之外，洗净了生存的面目
白色猫头鹰在时间外的永恒中飘落
这是遗失之旅和坚固存在的确证过程

自然本意

我一整天都在图书馆，翻阅搜寻那些历史

之前与之后的（陈旧的书籍有一些印迹）

这就是多年以后之说（或者当下无从确定之疑）

并且是否包括永久及其绵延的废墟

一部伪造的书稿

我沉浸于阅读梳理。城市犹在国度犹在

我摘录一些词语，兴奋与忧虑尽皆莫名

我呼吸着现实中每一粒尘埃的荒诞，呛咳不已

历史的滋味相反

未来弥久的城就像山峰愈益接近自然本意

满屋木柴

在雪舞的原野驻车，观看刻意撒欢的马匹
在雪乱舞的街道停步，窥视漠然的行人
穿好柔软外套。大厅外漫天词语如枪弹飞舞

金属的寒意疾速而行，迅去无影
在大雪中滑过去的乌鸦，翅膀有一半白色

我们遭遇了什么，纷至沓来的死亡吗
我紧张地呼吸着，观望这样痛苦的尸体
或者其悲伤的丑陋。被砍伐的普遍的理想主义乔木
春日开花，冬季落叶。未来时枯死，或转化为火焰

我很久时间停留在此。眼前有满屋子木柴
我停止了服药。危险的尝试

雨雾冬日（1）

这个人麻烦不断。这头狮子丧失了领地
风吹起它的鬃毛。鬣狗们对之猺叫。麻烦不断

它脚步零乱呼吸沉闷，靠近了某些危险的猎物
毛皮的颜色变浅像冰冻之河

我熟悉的冬日。所历之处皆为雨雾，所到皆为苍凉
我面色苍白。被普通一天改变，与此早晨合拍

或靠近云顶处，乌鸦疾驰与硕大的银色客机对语
变异的轰鸣间断传来。云戴上了帽子

雨雾冬日（2）

后工业机器嗡嗡响，消费者欢乐或郁闷叹息
或梦中到达鸟不筑巢的天堂，在无边光芒中饥饿无聊

我搜寻出所有发亮的钱财，欲购买虚无之物
我对一只田园鼠发泄怒气。这是高贵的鹰吗

捕食者心平气和。我将认可它们的道德观
把一个人丢进水里停止其叫喊，或把一条鱼抛到岸上

或许有隐秘的智慧。随时做爱死亡的昆虫
外面瓢泼冬雨，车座间无比温暖。这并非虚构的幸运

但依然是一种说服。我要送你们一件优雅的外衣
但决不刻意打扮一只真实乌鸦

雄狮日色

黑色夏天有藏蓝背景。沉静从头至尾都在,死亡也在
炎热无从判断。闪电一直徘徊,狂躁的雨水被拒绝
此刻愤怒的人加倍愤怒

一头狮子迷醉于辉煌记忆。火红夕阳捕获了全部
栗色荒原和破碎身影。奋力击杀的动作猛烈而且准确
饥饿和欲念雷鸣般使肢体坚硬踊跃

时而它的目光疲倦温暖如暮冬予人错觉的日色
我相信真实事态胜过了预言。譬如狂风冰川与洪水
了解悲伤胜于痛苦,适应于广阔超过了渊深

"你要用正义的愤怒和强力的拳头将之打倒"[1]
旱季已久。雄狮的皮毛干枯

---

1 出自电影《地狱男爵·血皇后崛起》。

雄狮的修辞

狮子在发疯似的喋喋不休。诗人的暮年盛景
其词语飞溅仿佛公牛血肉，夕阳下的壮丽晚餐
而他需要一种修辞

眼眸日渐灰暗，缭乱的毛发也是如此。他停止喧呼
执意追寻文字般迷宫的踪迹
犹若它径直咬裂骨骼，涂血的嘴脸沉没于暗影
唇间暴露出磨损的尖利牙齿
莽原风起。繁盛的建筑以及建筑的崩塌回音不绝

老年即是孤单雄狮，独步炽热尘土或冬日之寒
血液在脉管之语如河低吟山谷，鬃毛褪色犹然披散
狮子如巨木不会啼哭。即使暴雨冲淋水花四溢
坚木与风摩擦发声，风的言语或有所透露
犹有低沉乌云守护着哀然身躯

苍老如岩石。静默与呼啸皆为常态
而长发披散奔走于街巷，道路上唯有灯光之荫

坚掌踏过地面，呼吸爆裂如金属和玻璃

拂晓。一人似为猛兽扑击，男性躯体弃卧都市边缘

语言维修员

市中心，白昼。携带装备齐全工具箱
我将修理什么。考虑良久，脑子里一团糟乱
情绪的纹理如斑马线
我未能准确描述此事件
没有可以陈述的线索。没有一个可以延伸的譬喻
我不能信任这些物象。而依赖于它们
仿佛河流中拥挤着鱼群，垂钓者无策

此处无名之楼。硕大，高入云霄
其远处设置荒原无边际，盛开雏菊。初别雨季
回首之间，诸事幻化迅速
太多的粗心大意和引诱
像雪摔下堆积，没有融化。对此结果心存侥幸
曾经它们安抚心灵，现在也快慰身体了
而此语境像鳄鱼伏击斑马。过程未可预测

我拖着大箱子上路。可到达目的地时如何
或许冷漠以待随后笑容灿烂

语言编织程序

我喜欢新鲜出炉的面包

喜欢食品中间容有空气的质感

喜欢对于这种食物的咀嚼感觉

当其中的奶油出现，我差不多要欢叫

但保持住肃穆有尊严的状态

我总是几乎冷静地保护着愉快事物的隐秘与法则

或者简单的不容置疑的某个过程

犹若听众未至或离去，说故事的一直延续着他的讲述

一直到一日的终结。言语者沉迷在自身的编织中

像牙齿间怀有剧毒的蜘蛛

服用了药物

这人脸上带着焦虑症候。那个人也是。来来往往

和树木的爽朗形态构成对比

他们过于忙碌，看不到经历的故事本身

他们热衷于牵着牲畜去宰杀。如秃鹫的舞蹈

而炎日下有沙漠绵羊卡车和步枪

另一种场景展开，另一个主题介入

依然回到饮宴与吹嘘

豪华飞机跨越云层如吸毒者构建的浓郁雾境

永远不要探究黑暗事物，在亮光中端坐即可

不必忧虑腿上的皮疹

持续服用药物就是高度体验，蕴含着不可低估价值

脚边猫在玩弄线球，细微的尘粒漫入彩色辉芒

乘机窥视荧屏数据。瞬间的退缩已无惭愧

视野填塞着酒瓶咖啡杯和时尚手机

众多诗人的选集陈尸书柜

虚构之景涵盖了久远的酩酊大醉。此人濒临休克

气温急遽变动，血液加速奔流

思维凝固。房屋淹没在房屋里，房间的颜色像脸改变

在灯光中喘息的善良之兽偶尔一醒

群犬横冲直撞。预计中的场景被完全粉碎

像整座城市被一夜风雨肆虐

人在隐秘房间内尚可感受短暂温暖。也有例外

需要急速奔驰。引擎如未来机器处于深度惧恐

时间的凉意。满目新的尸骸

谵狂之刻，语言繁华

此在的火光

我最后看到此在的巨大火光，如黎明的成长终被夜晚吞噬
存在的猛烈响声归于沉寂。而所有的手机蝙蝠般活跃
如在病院的床上徜步于五色梦境

在某个早晨我穿起黑色上衣，预演这个过程
我及时撞出大门。我已具有巨兽的身躯，体现出猎杀风度
整个动物园都感到吃惊

雪花与病毒很接近。同样美丽的图案，使人燃烧至谵狂
船只流着血驶入光亮海域，如此灿烂
给出的承诺价值愈益昂贵

我研究黑暗这种颜色。未来湖泊极度幽深，如储藏的记忆
我对之并无惊讶与喜悦
对此的思索仍无价值。空中有烟乃情感灰烬

记叙已显示出对立局面
我急欲穿越午间树叶编织的窗所掩映的光彩所在
但离此尚有距离

城市暮色

城市的暮色费思量。其间有人坠楼有人醉酒行车
酒吧与饭店人满为患。巨型卡车夺路疾驰
红色胶囊的药丸滚落在地板上四溅，其音微弱
慢速咳嗽是一种疾病，心跳加速也是
血液遇到阻塞发出喧嚣。像战斗机掠过城郊

幻觉中老虎的沉闷呼啸以为和声
或者被荒原流放牙齿破损的雄狮的沉吟如风
秋天的宽广与抑郁景象呵，遗忘成河
稍远处沉入黄昏的海岸已给予了辉煌终点的指示

药片与失控

依然是药片在促使我睡眠多梦

暗蓝色流淌的分岔沟渠

如在超市选择甘蓝与洋葱时烁闪而过的混乱遐思

我将车停在雪地旁，犹豫一番未打开车门

我的尿放肆冲击黑白郊野。失控的快乐与惊慌

或者是狮子急遽出击于苍茫间的失手

顷刻返回温暖黑暗

骨折乌鸦

晚冬有虚假的安详在苍白面容的背后
云色暗红。一个瞬间壮丽而颓废
书写如此长久迟缓,足够乌鸦飞掠过一面雪山

它书写了,没有。它只是涂抹出存在之痕
这和人从峰巅滑落下去不同。它是纯粹的迹象
却无娱乐与冒险成分

如果一只乌鸦骨折,坠落于雪原
此为永恒的休憩。它断翅胡乱摊开像扭曲的 # 号
"乌鸦打嗝了"。我尚未听到冰湖裂开的声音

时间无错

我坐在湖边注视这座城市 3 个小时
湖水中的倒影比现实世界更清晰
这就是时间止步时的效应（上午令我意乱神迷）
这就是我驱车回家的想法（感受未来尘埃的舞蹈）
而经过的生物略少性感。原则大抵如是

偶尔透过车窗看见时间的那边，大吃一惊
那车轮真大。它移动的声音像喘息着的愚笨巨兽
它终归是荒诞悲剧的场景，包括与之相关的人物
正午的光阴斑驳。时间的原理已然锈蚀
生命亦如繁盛桂花的一枝呈现意外

所见钟表疯狂地快速转动。计时逐渐缓慢
面临深湖犹感受其寒意。暂且的休歇令人心惊
洗衣机悠然滚动。一段时间后我折叠衣服
此隅尚有暖意如阳光之室，万象依然透明
未有丝毫影响。所谓静观

纪录对照

开始的时候暴风吹奏，城市每一处都高唱不已
混乱的交响曲伴随着低沉的悲歌与尖锐嗓音
短促的间歇，未听见雷声。似乎沉睡了一会
风暴塑造的紧张去远，恢复平常与空虚

未知曾经构织出意义。犹然寻找摧毁之痕
那个夜晚狂风卷着大雪呼啸穿透破败木门的裂隙
我守着庞大简陋的火炉裹紧旧羊皮大衣茫然发抖
如此困乏与警觉。此为记忆缩写

三段论式

下午的街道像森林一样悒郁，天空像荒原
高楼如巨型碑张扬荣华。桌上有残酒与烟蒂
深蓝色忧思消失的开端，也可能是过程

我辨别声音的能力减弱，对字迹的追踪愈益热切
在踪迹间几乎伏于平面而行
我深知玫瑰可以凋零。话语之痕如铁铸就

我的眼睛被阴霾封闭。却没有秘密可守
开启的时刻其中一片荒芜
我的思维像没有老虎的动物园

大地阴影的上方正是浓云飞扬
如此悲惨的辉芒。濒临死亡的恒星之光
我谈论的是喜剧。不存在者的亮相惊鸿一瞥

这是错误的关系：酒和酒瓶。河和桥梁
敌对的方式。饥饿与飞旋的车轮，苍蝇与尖叫

警察和救护车。老虎牙齿的损毁和大厦的建造

这里就座者人数众多，全都自命不凡
像动物一样，把鼻孔张大吸入更多的气体
依然窒息倒地。全部旅程就在其中

"搞定你了，你个混蛋"[1]
"真正的邪恶令人难以招架"[2]
或者枪击之后。天地宁静，繁花盛放

1　［美］斯蒂芬·金：《约翰的预言》，辛涛、刘若跃译，湖南文艺出版社，
2019。

2　出自美剧《黑夜如我》。

停车北山街

疲惫，隐藏的驾驶者在停止的轿车里凝望
挡风玻璃前的树木和行人犹如油画
房屋是更为浓重的色块
而目光止步在某一间房的入口
像渔夫张望深水游鱼。那里终究是空无
忽然想到一生只居住于一个城市是可悲的
相反的情况亦非喜剧。这时天就下雨了

雨滴可数，忽而倾盆
白色汽车像幽灵，黑色的像黑洞。疾速而去

重返故乡

海洋如墨涂染着原初之欲。梦境无边无物
海水浸没了性器官。黑色汽车隐匿幽深海岸
它像巨鲸一样不能起飞。探了一下尾
云浪卷起在嶙峋岩石的边缘

我驰过海岸线，每一公里都有村庄或城镇
陌生的群体。另一种荒凉与另一种繁华
我重返故乡。此处无人相识无人喜悦与忧伤
飞鸟的十色羽毛已然更换

这里有无比美异的花朵和精致硕大的果实
满山遍野。这里是珍奇物园，繁殖之区
话语的圣地。每个词都令人迷醉
每一滴汁液的提取都将存在榨干

逃亡物语

电梯一直下坠，经过最底层
如被失重的快感带领沉向更深与幽秘
又如于暴风雨之前看到丛林般物体间隙的光线
飞扬之尘禁锢其中。微粒四处突破，销声匿迹在所不惜

像电锯在密林里的竭力嚎叫
你全速逃亡，似被时间裹挟而去穿越黑暗过道
往事全然消失。你不再拜访不再致电，游离这个所在
没有你这就是个孤独城市

你是谁。身着黑衣悠闲地靠在沙发上阅读
摇摆的臀部激起一点欲望随即熄灭
肢体显出紧张局势，在昂贵的土地上有被击倒的迹象
你追问了真相，把自己置于险地
在陆地上窒息如鱼，有鱼的表情。巨浪扑来有如归知觉
而追击者如此众多，收拾残局像蜜蜂寻找花苞
中午时刻嗡嗡嗡嗡。就像喷气飞机的引擎声
挥汗如雨如农夫喧闹于楼群

路口遭遇乌鸦

正午的天空有漫长的印迹。春天并不轻松
惊雷轰鸣，这是深河般激情的依据
某种改变也是如此。在我们之前就存在了
口语训练，命名，荒谬戏剧已熟习于形体
梦幻戴上面具。乌鸦在繁华路口偕时光同老

狂风已选择好词语。乌鸦和老鹰进行了对话
全副武装的鹰展示出锋利铁爪
该死的乌鸦驻足窗户，学者风范

乌鸦一直栖息前方某处，吸收可辨别的亮光
乌鸦已经燃烧过。乌鸦所涂染的未来一团糟

乌鸦带着它的大嘴巴。喜剧性的悲怆叙事

苍白之季

如历史苍白的季节，人们闻到了茉莉花香
有人不慎赶跑了乌鸦。阳光里坦克成群行进

一大早遥望着郊野，目光像鸟雀踊跃
玻璃上密集的雨滴如泪。当下控制不住忧伤

许多年过去，欲望的停止依然带来空虚
像飓风扫荡过的城镇。一片狼藉无暇顾及

如此空荡像悲剧中展开的嬉戏
一个不好笑的笑话。结局时刻的茫然四顾

试着对某物说：我们仍然需要谈谈
这情状属实难堪。荒原上一头公狮的沮丧

微风西湖

清晨西湖，微风和闲言恍若来自不同世界
垂柳下鱼儿尽欢蹦跳。鳞光模糊了时间
啄食的老小麻雀无暇顾及这一状态
哲学性的考虑让与人类承担
果实转红压弯了树梢。毁灭的美已普遍传染

恐怖海岸

大海苍茫，海岸如废墟。巍峨的破损
海鸥咕咕叫唤着坠落
为何不像房屋般宁静于坚固山峦
衰老船舶的呻吟在远方响应

海洋的颜色是绿加蓝，仿佛扩大的眼瞳
船只已朽烂搁浅，唯可供瞭望与守候
我对此类感伤一无所知
对于持久的等待也是。我无须狂饮如何沉醉

海的波涛无疑让我产生眩晕
天际的积云被我误认为巨鲸逾越
有钢铁的矛尖穿刺出一道鲜红，喷溅向下
海平线极度曲折勾画出深渊

我在鲸的残骸旁彷徨。肢体逐渐像金属裂开
感受到疾风中的盐分，恐怖出声

守望之典范

游轮乘风破浪时，海潮的浅色花边翻滚
海鸥急躁盘旋叫喊。激荡与喧嚣此起彼落
后一刻天色明朗，海面现出沉静。巨型恶鱼已迫近
　　　垂钓者难掩兴奋
事实上他的内心恐惧密布
渔线绷紧刮擦着粗粝空气，像岩石被利器割过
垂钓人紧握钓竿不肯放手
他已感觉到。鱼比船大

垂钓者是守望的典范，他们偏爱鱼类
因此静候其捕获与死亡（爱和欲同名）

剧院路

我爱杭州在风中坠落的黄色花朵的沉香

枯叶飞舞的旋律悄然为之伴奏

有人收集花的尸体置于玻璃瓶中，加入蜂之蜜

恍惚间到大剧院，十一月的涛声传来似压抑之吼

大提琴粗壮沉郁的和弦被纤细艳丽手指抚动哭泣

而她们极美的嗓音柔和着酒精与烟草

仿佛是未来的荒凉

街道上空的温度急遽下降

这时我想起，我望及的就是记忆

行车雨中

行车雨中。在红绿灯前茫然，咒骂一辆卡车
迷恋某个身影的消失
前方惊现墓园，宽阔幽暗的河随之展开
一颗雨滴坠向黑色漩涡，没有惧怕没有快乐
人比一滴水脆弱。马达淹没我的呻吟

镜子葵花

蒙上了水汽镜像模糊不清难以分辨无从命名此物
像海岸的浓雾所收藏这面孔看起来憔悴像凋敝的
森林忧郁之境这脸被挤压在街面在沥青的腐蚀中
扭曲脸已如此破败迷恋之刻葵花燃烧的样式装点
　　了凄凉秋色

游荡的局面

芦苇的花朵不是花朵。它是狂风的嗫嚅
聆听这结局之前的独白犹如被月光随性抚摸
几只乌鸦惊起飞成了云块。停留的一只是尸体

这些人欲进入屋内。房门全都关闭了
他们还有街道可以游荡。像被放弃的牲畜
每个房门后面都是一团糟乱。毫无疑问，无法收拾

或可斟满酒杯，在忘怀中一日千里
飞机从某一机场起飞。它完成加速的期间
发现被跟踪，被塞进行李舱，抬头所见其他物品

呼吸中满是血腥。机器轰鸣，巨型轮子隆隆转动
恢宏的暴力。手脚渐趋麻木，厢壁如高空极寒
而感觉到物的沮丧紧紧蜷缩

或伫候冬天冷雨的公交车站，眼睛里有热焰与寒冰
这有区别吗。目的地依然仿佛涂鸦

风暴像群马奔腾着就消失了

人们因为忧愁而睡。愁绪使人疲惫

睡眠过后，逃不出的噩梦

夜晚听着某只猫的叫声可回至久别故乡

死去的乌鸦此时被几个孩子兴奋围观

屋顶上另一群乌鸦在围观这个场景

一直到雪飞舞踪迹缭乱。疲于奔命，束手无策

安静，非常安静。这是坚忍生活的馈赠

几乎是沉寂。但如此开阔，吞吐着极地的气息

创口枯老。巨兽起身

螳螂物语

我们以为已经阻止的一直都在
你是否介意我坐下，把一只螳螂略加观察
咀嚼不停的大嘴和陶瓷般的巨眼，傲慢姿态
吞食同类，坦然自若，无视草丛之外的尘埃
或者它沉迷于捕获，凶暴的出击使之无所惊惶
它张开翅羽，猛然消失于咫尺空间——

我们被弃于苍茫。我们随意思索
有人与一头猛兽对抗，也有人选择了更为残忍
像食肉之兽相搏个你死我活。最终被荒原嘲弄
而人类中真正的暴徒指甲从无缺损

母兽花园

她们笑着，目光专注而空阔
构成世界的大部分美与不安
　　　我们已暧昧地拥抱
她们用手的动作朗读。白云般忧伤，垂下如梦翅翼
陈述现出精确轨迹
她们追踪词句和标点像乌鸦凝视花园
谈论一杯酒和一个王朝都在柔唇啜饮之间
成色滋味与兴盛衰败。深红色泡沫如宝石逐一湮灭
时光久远的精致。母兽的攻击更加迅速猛烈不是吗
不留余地。你来不及辨认倏忽而至的锋芒锐影
如果不能控制，那就见机行事吧
晕眩袭来如瞬间的黄昏。随后黎明初现
万物皆崇高。欢狂如此，邪恶亦是
饱吸水分的昙花于闪念间竟放妖娆
　　　恐惧美丽。恐惧与美丽

葬礼过后

他"抽出一根破烂委顿的香烟，塞在双唇之间"[1]

一直没有燃火，烟一直熄灭着

一场高亢的表演。他却显然犹豫着

像一部分演饰者具备热情与天分

另一部分陷入过分的渴求之意，动作略为僵硬

他的手指是金属，叩击在房间某处发出清脆声响

这是虚构的屋宇。足够大也足够小

唉，他像一个导演对剧情产生了忧虑

还来得及考虑寂静之外的含义

譬如浮华的葬礼。对逝去者给出的慷慨

生存的演出全力以赴，赞誉与鲜花共举

不安苦痛如天空中瞬息更换的雀群

直到傍晚给出了事物的剪影。他依旧妄想

以及书写都在继续，阐释不会停止

---

1 ［挪威］尤·奈斯博：《焦渴》，林立仁译，湖南文艺出版社，2019。

圈中马

远方郊区日光下，马停留在时间中
红色或黑色。黄昏或凌晨。地点模棱两可
它们隐没于白色雾里等待光阴流逝。

汗湿的漂亮胴体。汗津津的马匹
柔和铺开的被单或柔软的无际田野
然而有铁栏的阴影在它们身上作画

沮丧的囚徒，圈中之马。这个比喻颠倒了
出汗的苍白身体绝望空虚
一公顷的土地，牲畜无响鼻的静寂

蓝调抒情（1）

今日风平浪静，我在老去

起码比昨天老。像河流比前一时刻浑浊

怒气更大。雷鸣隆隆而来。从悠远延续至今

没有闪电也没有骤雨

我已听清所有的责难与苛求

不能依靠已有的经验，别指望援助

守灯塔的人走向海浪。且对挡路的贼鸥说让开

他的话像灯光在黑夜中刺人眼目

远处空客 380 倾斜着掠过建筑物。时间爆裂

随后的图像：白色列车像巨蛇停留于干涸河床

城市高耸的废墟与之沉默相望

    未来景色依旧壮丽

蓝调抒情（2）

看到那些人死去，疾病的速度比云雾更快
他无悲伤。像树木望见火焰中成灰的森林幻影
汝不得杀戮。这是制止暴力者给出的确定之语
像醇酒倾倒于金杯。自由被饮尽
宴席散后杯盘狼藉。一项指控

内心的黑暗已渐衰竭。而依然辽阔
一丝淡然的光线，疑是某一扇房门未闭紧
从一个房间到另一个。永恒的散步与此接近

像芦花的扶摇空虚。不讲点笑话如何度过此冬
国家的华美机器就在话语的浸润中转动
巨大的齿轮交错咬合。血液奔流

捕食图景

货架上摆放着引人深思的食物
我既非种植者，也不是运输者
观赏着它们绚丽的色彩。口香糖，水果，烟草
我听不见天空中的声音了
空气不再震动，而众多词素构成的耳鸣使我晕眩惊愕
此种情况是否缘于我的拒绝或者是相反
这是一种表述：给予雷击般的震动或者冲撞
好吧，随便你。此人嗫嚅回答

他宁肯书写，手指在键盘上急速迁移开垦渊壑
这就是我想要的。安静地就餐
吃下一头公牛，而后经过雨雾笼罩的山峦之图
知了正从潜伏中踅出完成叫喊的微弱使命
我在炮火的间隙或者餐后漫步中的思考等价
像苍鹰飞翔的实指。无论嬉戏与亡命之刻
雨水飞溅如书写的破绽
而事实上只是雨刷拂动。眼前图景急速转变
记述之谎言或逃避之语义无从确定

星期三是信天翁的饥饿时刻

飓风在徒步，身体强壮的水手被恶浪击昏

顾虑阻止了行为。城市久困于冬雨，此人醒来无所闻

他继续睡。梦中烈日高照万物皆艳

青灰色欲

我书写的愿望像无人的船只漂流魔海

船首有妖女雕像。令人惊悚迷恋的寄居幻想的胴体

无人驾驭，而有强壮信天翁降落与巨鲨伴游

至厄运呈现

暗黑的水域和耀目的船首

第二天日光普遍漫出前，所述之物皆具有青灰色的轮廓

观看而不分辨它们，内心已饱胀幽宁

对待这世界持奶牛的态度

如存在之初，草甸丰盛，河湾清澈。人类拥挤而至

哀愁如冰化水流淌不尽

猫湮没于语

世间有国王有小丑，人类小小的缺点而已
可悲的传说与故事愈行愈远，呼救声暂且沉没
我像饥饿发怒的猫涂抹了字句

那些人的词量多过鸟雀，某些词使用频率尤高
若处于宁静，万勿踏入此聒噪之地
如果情况相反，迷途知返。而路径亦湮没于语

有无法放弃的缘由，如此临近纵声自语的时机
回顾所熟知的诗人的歌吟，有关王者的诸多争议
我怀念那种沉迷。却有将所有的宏论挥霍殆尽之感

遍地都是历史，遍地话语。全部记忆和欲望
充填与剥夺，贫瘠之地的种植与收割。停止述说
遍地雷声，积重难返。须小心陈述

像一生都只是在训练的战士，未能遭遇伟大战争
埋首语言博物馆温习牺牲和纪律和自由主义
有一词难以辨析。失语之猫跳跃出窗户坠落

优雅四月

现在事情的转向令人心烦意乱

像对于阴雨季的预告。某次约会被拒绝

困倦之刻蜜蜂撞击了窗

且梦见丢失某物，遗忘掉某个地址

前方半空中悬浮的路灯将奇异的光团切向道路边

而后是黑暗急速吞噬。再之后出现炫目的城市轮廓

一切都未及进行，珍藏的愤怒濒临散失

像猛兽时而失去捕食欲望，唯有沮丧支持其步伐

黄昏匆匆来临。可从边缘的一条道路进入

路径交错引导，无须停止

庞大繁复之城，街道不断修建通向任何位置

时而连接上高架桥或者隧道

我行进到核心区域了吗。或迷茫于副中心的建筑群落

此人在痛苦，此人略为癫狂，呼吸急促

短促地欢呼，或者持续地舞蹈

没有人羞耻与具有歉意，所有的人表示委屈

花红柳绿缀满了疾病之域

苍白美雅的四月气氛。望见巨型之物，巨大到无边

一时间慌张与振奋之深刻，连风都停止脚步

气温缓缓地下降。此人阴郁的眼睛像乌云收藏惊雷

密林里老虎的失踪如某城对某个人的消除

大树的暗影下空空荡荡

大厦间人众麇集而无伤悲

像天空中删去老鹰了无痕迹

然而尚有胴体幻美，倦意的女人入睡了。不在我怀中

我徒然猜测着她们的呓语，一夜失梦

燃火的五月

有无数华彩之鸟的羽毛烁闪在五月的天幕

我们都有鸟儿般的明亮眼睛

贮满单一的贪欲

可能的情况下我们必大口豪饮，像干涸时期的河马

鸟的身体当然不是信箱，收不到问候

酗酒撒泼者匍匐在地，为鸟群耻笑

我们的内心变得日益柔弱，像时间中坚持的数丛百合

容颜在繁盛之刻略显凋零

暮春之心跳依然，疑惑由此生

此时把书柜砍成木柴，书页燃为火。这一经过时间短促

没有人来得及做什么

仿佛渴啜一滴烈酒。一个动作泄露了数种秘密

抱歉，此丑陋的过程

空荡荡的游乐园娱乐休息。我们沉着脸耸着肩膀

像意外的暴风肆虐了一整天。现在必须休止了

幻想成为历险。像野兽的踪迹出卖自身

修辞的含义也发生改变

有所荫护处

子弹带着生命逝去之伤痛

疾速的暴行让存在如虚构之物

刀锋没入血肉之躯，它被热烈爱抚以至柔软变形

它冲入血液仿佛回归原初锻炼的火穴

这个愿望比使用它的武士更加深邃

吟诵历史的诗人被一语毙命

巨型的血红太阳犹然停歇荒地之上

乌鸦像一块黑布

今冬无雪，心皆茫然
那时我在另一条河边坐着

灵长类的尸体悬吊高大悬铃木上。蓝雀在歌唱黎明
淡黄的光晕滑进窗户，又照见此人浅眠于床
气息如旗暗中摇晃。收止的唯有梦乡之语
乃有饥渴的狼群急不可耐。就像秋天对待草木
先让她们绝望心惊，而后堂皇观看生命离弃干枯
就像在荒野上放置一面镜子
动物们惊慌而过。它唯一映照出风中老去的树

"我今直向，高处而行。"[1] 这是乌鸦的誓言吗
苍老的树吱嘎断裂。它的倒伏或是个象征
另一种鸟类在长草中起伏掠去，翎羽锋利闪耀光泽
暴力席卷了冥想

乌鸦像一块黑布。外形没有规则，随意飘拂
着意观察这狂乱忧思之鸟，心随之舞

---

1 出自电影《正义的慈悲》。

经典重读

（2017）

T.S.艾略特《荒原》重读

继续特德·休斯的诗歌语象

T.S.艾略特《荒原》重读

序言及《空心人》

　　我有这样一种看法，那就是艾略特等现代主义诗人陈述他们话语的时代比之眼下后工业时期的欧美，或许更贴近我们当前生存的社会语境。诗人这样的知识精英群体在上层权力固化与低层大众平庸的双向挤压中持久喘息，现代诗歌（包括其他现代艺术）唯有在一个相对狭小的空间发声与传递，由此对整个现实世界的失望亦源自现实本身的冷漠，没有回声。并且我们的存在可能更加繁杂与滞重，它有更多几个旧时代的传统堆积，以及有更加华丽的为大众所习惯的言语包装。因此现代主义诗歌对这般荒谬现实的经典指认与宣判，即便其意象如此极端，对一个世界结束的表达如此生动亦如此令人沮丧，仍然必定引起我们的某种共鸣且获得阅读的高度快感。

　　世界就是这样告终
　　……

不是嘭的一响，而是嘘的一声[1]

　　这里所引诗句出自艾略特 1925 年所作《空心人》的最后一节。此诗开头两句："我们是空心人／我们是稻草人"，就好像提前印证了后结构主义哲学家拉康对人之主体的空无性及他在性的揭示。拉康认为人只能由现实的语言构成，如稻草人由外部的材料捆扎而成，所谓符号主体，而作为本源性的实在主体却因此被标注出是一种缺失与匮乏。当无意识的实在本我期待表达与证实自己，如诗中接着所述："当我们一起耳语时／我们干涩的声音／毫无起伏，毫无意义"。由于"我们必须将无意识中的主体置在这个外在之中"[2]，即我们发出的只能是他者之语，我们已经被搁置于他在中，不能与内在的动机呼应。所以是"瘫痪了的力量，无动机的姿势"。

　　诗歌中提到"那些已经越过界线／……到了死亡另一个王国的人"，注意是越过现实之界才到达的那个死亡的王国，可见并非仍指现实所在。越过界线才显现出"作为迷失的狂暴的灵魂"，这已然是想象所在与所现。而未

1　［英］T.S. 艾略特：《四个四重奏》，裘小龙译，漓江出版社，1985，第104 页。本文所引艾略特诗歌均出自该书，为保留资料真实性，其中部分字词依照当年译本用字，未作改动。

2　［法］雅克·拉康：《拉康选集》，褚孝泉译，上海三联书店，2001，第 1 页。

能越界的仍然驻足于"干燥地窖"区域的，得记住你仅是空心（主体缺失）人或稻草（他在的）人。

实际上，以拉康思想不倦地解读当下繁复生活的齐泽克仍强调指出本我实在界，或曰灵魂"与日常社会现实南辕北辙"。当然在齐泽克这里已没有现代主义那种保留了本体性理想的"灵魂"这类词语，他提出赤裸无遮的肉体似乎最靠近实在界的领域，犹如战争中的对面厮杀以及性爱的场景，称之为"主体与主体之间的本真遭遇"[3]。因为相比人们执迷于消费主义或某类意识形态的规则而言，直面身体确实突破了现实中的诸多话语禁忌。

《空心人》的第二节写到"在死亡的梦的王国里"，这是现代主义热衷的幻想之域设定。可以参照诗人的另一首巨制《荒原》，其第一节命名为"死者葬仪"，全诗即由死亡开始想象之旅。无论死亡的意象与相关的神话阐释，死亡如回归（本源之地）又似去往（梦境）。在拉康的范畴，死亡就被指出是抗拒他在性的可能被误解的途径，而且需要辨别是"哪一种死亡，是生命带着的死亡还是带着生命的死亡"[4]。我曾经解释这句话：前者是生

3　［斯洛文尼亚］斯拉沃热·齐泽克：《欢迎来到实在界这个大荒漠》，季广茂译，译林出版社，2015，第1—2页。

4　［法］雅克·拉康：《拉康选集》，褚孝泉译，上海三联书店，2001，第621页。

存者的印记，后者才是那个可奔逃过去的境地。某种意义上，作为缺失的实在主体只有在其符号主人死亡的那个时刻预期自身的复活，这就是现代主义死亡冲动的由来。在现代主义艺术构建与在结构主义精神分析学中一样，死亡不仅是一个生物学的问题；死亡不只是隐喻，它指向人存在的结构即主体的空无与其填补的想象话语。

梦是无意识想象或曰本我缺失的填补性所在，诗歌中"死亡"与"梦"两个词语在此含义上得以叠合。喻之"死亡的梦的王国"，那里"我不敢在梦里见到的眼睛"是"阳光"，而噪音能够"遥远""严峻"，表明了诗人所执着幻想的性质：它在日常性的话语之外，内心的黑暗被消除却依然沉重。现代性与浪漫主义的幻境区分就在这里，后者会努力将之揿入事实的语境，以充满希望的气氛结局。

永远不要期待现代主义诗歌会对现实做出妥协姿态，更不要指望欣赏到它们握手言和的情景。在艾略特的诗歌中，对于现实生存的质疑与评判就带有绝望的意味，"这是死去的土地"。这犹如是"荒原"的另一个指称，更加率直也更加单调，因为想象也几乎停顿了。接下来在短促的诗句中出现的是如此寂寥的意象，只有石像与死人的手的哀求，没有眼睛，甚至"我们躲避言语"。我们就是被世界的空虚的材料构成为稻草人，空洞话语的空心人，如果还能够追寻、能够体会到那迷失的狂暴的本我，还渴望那眼睛，唯有让这世界告终。齐泽克谈到当下"实在界的激情"，称人们在将他者理想化并一意构造虚拟现实，从而剥离实在界之于他在的"坚硬的抵抗之核"[5]。《空心人》作为一首现代诗歌，恰恰固守于本我之域直至诗的结尾，图构的是现实崩塌的不堪之景。[6]

《荒原》第一章：死者葬仪

诗歌《荒原》在表述现代世界精神荒芜的层面下，亦可看作对存在之他在性的指认，物质符号的丰溢泛滥与人类感官的沉湎成为世界颓败的写照。根据作者原注，这首诗的规划及其象征使用受到《从祭仪到神话》这本有关圣杯传说的书启发，注释中还提到另一本人类学著作《金枝》，特别指出其中涉及的繁殖的礼节。显然圣杯的意象与女性生殖器官有着关联，其象征提供的乃无意

5　［斯洛文尼亚］斯拉沃热·齐泽克：《欢迎来到实在界这个大荒漠》，季广茂译，译林出版社，2015，第8页。

6　富有理论性意味的是，就在这首诗发表的差不多时间，纳粹及其他强权体制先后在世界的某些范围建立，人类的一种无意识（意识形态）妄想在现实空间以极度扭曲与正大光明的姿势呈示，构成几乎强大的象征规则体系。这几乎与诗人的想象形成对立性的复杂互证。

识欲望的原初能指。

　　艾略特在一篇谈论诗歌写作的文章中提到，"在一首既不是训导也不是叙事，又没有受到任何别的社会目的激发而写成的诗中，诗人所关注的可能只是用诗来表达"，其后的动因他称之"这一朦胧的冲动"[7]。这契合了其诗歌的想象运行与主体缺失的原动力意义的关联，人的存在被芜杂的事物言语充填困束，实在之域却呈现出空旷。《荒原》的总题目下作者引用了古希腊神话的一节，为阿波罗所爱的西比尔获得了永生，却因长久的生存衰老成为空躯而求死不得："孩子们在问她，'西比尔，你要什么，'她回答说：'我要死。'"

　　存在之他在性的焦虑如此强烈，永生犹如是荒原状态的永恒延续，死亡成为可能的自由与生命的另一种丰盈。于是诗歌从死亡启动想象，且标题为"死者葬仪"。在这一章的第二节有这样的诗句描述着死亡，"我就会显示给你一种东西，既不同于／你的早晨的影子，它在你身后迈着大步"，表明从生开始，死亡紧随着生命而行；紧接的诗句是，"又不同于你的黄昏的影子，它站起来迎接你"，图画出死亡不只是随行之影。在这样一种生存终结的某处，它或将展现另一个所在。

7　[英]T.S.艾略特：《艾略特诗学文集》，王恩衷编译，国际文化出版公司，1989，第258页。

回到本章开端的著名诗句："四月是最残忍的月份，哺育着／丁香，在死去的土地里，混合着／记忆和欲望"，存在与死亡都在时间中显示或显示为时间，四月最能够体现二者的联结。这个月份是生存全面苏醒的时刻，生命进一步繁殖的花朵已被哺育，然而这种华美将现的情状岂不正好标记出了这之前的所有死亡的堆积。记忆和欲望是曾经生者难以磨灭的印记，也是未来生者的养分源泉。在死亡的基础上重现生命，并且已逝者的话语将被汲取，以"残忍"作为修辞恰如其分。这一节诗歌的后半部分，作者有意以具体生存者的口吻陈述"孩提时"，表明这就是一个人封存的那种记忆和欲望。

实际上记忆和欲望会一次次被重新构筑为想象的境界，在对死亡的妄念或对于生存的思考中，使原本空无的所在显现事物或对原来芜杂的现场有所把握。但前者的场景依然是严峻的，"因为你仅仅知道／一堆支离破碎的意象，那儿阳光直晒，／枯树不会给你遮阴，蟋蟀之声毫无安慰"。在后者（关于风信子花园的段落）则给予虚幻的揭示，"注视着光明的中心，一片寂静"，此处记忆仿佛情人消失 [8]，原本欲望的海洋唯有空虚与凄凉。

8　参考原注，《特利斯坦和绮索尔德》一剧描述特利斯坦在家等待绮索尔德，他的仆人为他在海边瞭望绮索尔德的归帆却不见踪迹，回答他："凄凉而空虚是那大海。"

诗人接着写到女巫与纸牌，触及对命运的探讨，描绘一群人试图在对命运的解释中获得救援。这段描述谨慎但不无嘲弄，荒原所指的人类精神空虚的局面开始显露，而荒原所指现代社会与大都市的形态亦在下一节全面示演。

　　飘渺的城，

　　在冬天早晨的棕色雾下

　　一群人流过伦敦桥，这么多人，

　　我没想到死亡毁了这么多人。

对照之下，这里的死亡是另一种死亡。如以荒原指称现代城市的繁华与物质性的迷茫堕落，死亡亦指向平庸而贪婪的生。虽然诗句的来源原注已表明出自但丁《神曲·地狱篇》对地狱边境上灵魂的描写："这样长的一队人，／我从未想到／死亡毁了这么多人。"借用了但丁的诗句，便将当下的生者及其工业化居地像电影镜头般切入地狱的景态。"每一个人的目光都盯在自己足前"，包括信仰的方式已经沦为呆板的符号，如写教堂"它死气沉沉的声音／在九点的最后一下，指着时间。"将之与时间关联，在于这种存在现实占据着时间。

　　当地狱等同现实，那里的受罚、被剥夺了自主性的灵魂就可用以对照现实人群，在诗歌的描述中行动着的人也是虽生犹死者。所谓"死者葬仪"，已经是为我们自己举行着。此时（也是这一节的结尾）诗人有一段生动的书写："那里我见到一个我曾相识的，我叫住他：'史丹逊！／你，曾和我同在迈里那儿船上！／去年你种在你花园里的尸体／抽芽了吗？……'"种下的尸体，一方面是埋葬，另一方面预示哺育出新的生命状态。这里诗歌的意象与开头有关四月的设想有着词语能指的聚类联结：死去的土地与花园，尸体与记忆和欲望，抽芽与丁香。诗人把自己放到这样一个位置，他是人群中的一员，又是另外的。他感受到事实的死亡已经在生存之间漫延，同时他意识到死亡（这个词语）所意味着的存在的另一种可能，他从两个层面交错地去描述。这一节是开始，死者葬仪与种下尸体具有双重的作用与含义。他还要予以警示，"呵，将这狗赶远些，它是人的朋友，／不然它会用它的爪子重新掘出它！"这种无知朋友行为的结果才会是最终的悲剧与毁灭。

《荒原》第二章：弈棋；第三章：火的布道

艾略特认为诗歌中的陈述与喻示并不冲突，他在评述德莱顿的诗歌时写道："暗示性的欠缺由于陈述的完美而得到了补偿。"[9] 其实如果整首诗就是一个大的隐喻，如但丁《神曲》[10]，那么其中具体、直接的陈述都会加强其整体性的意指。必须注意《荒原》中的陈述段落，其第二章"弈棋"首节开始以二十多行诗句，几乎详尽地对一个上层社会女子所拥有的贵重物品加以陈列：

> 她坐的椅子，象擦亮的御座
>
> 在大理石上闪耀，那里的镜子
>
> 由雕满着葡萄藤的架子框着
>
> 其中一个金色的小爱神探头望外偷看
>
> ……
>
> 在象牙瓶，在五彩杯，
>
> 开了塞子，潜伏着她奇特的合成香水，
>
> 油脂，粉霜或者玉液，搅乱了，混杂了，

包含了细节的如同写实般的画面反而构成了指向现世的荒原象征的有效图案，堆砌的事物喻示了堆砌的生存与欲望的规则及其符号。形成对应的是此章末节同样

---

9 ［英］T.S. 艾略特：《艾略特诗学文集》，王恩衷编译，国际文化出版公司，1989，第 60 页。

10 艾略特说："但丁的整首诗，我们不妨说就是一个庞大的隐喻，因此在他的诗中也就没有必要使用太多的隐喻了。"参见［英］T.S. 艾略特《艾略特诗学文集》，王恩衷编译，国际文化出版公司，1989，第 78 页。

不厌其烦地记述了莉儿的平凡生活境遇，只是穿插了有意味的对话。

上述首节写实的诗句在第二十二行突然转向比喻，"仿佛一扇窗正对着林中景象"。据原注，"林中景象"出自弥尔顿《失乐园》，其诗中撒旦用此语指称伊甸园中夏娃受到引诱的景态。联系之前诗句陈列的一个女人的珍贵物品，于是与欲望、贪婪以及诱惑关联起来，现实的物质享乐图像亦被引向人类不能够经受住他在世界诱导的话语原型。这也暗示出荒原的漫长历史感和其一直的延续与重复形态。

诗歌紧接着使用的"翡绿眉拉的变形"这一典故（出自奥维德《变形记》第六卷），一个国王强奸妻妹，并割去她的舌尖，其妻知情忿怒杀死儿子，国王由此杀两姐妹，姐姐泊劳克纳变为夜莺，妹妹翡绿眉拉变为燕子。这个故事透露出的几个关键词语是不可控制的强权、欲望、暴力、仇恨与报复等，揭示的是由前面诗句所述华美物象所遮饰的更深层次的荒原图景。它显示出人性失控的现实或者被现实丑陋规则所镌刻出的恶状态，这一段诗的叙述注入了诗人激烈的想象："然而那里夜莺 / 曾使沙漠回荡着不可亵渎的声音， / 她依然叫着，这世界现在依然追逐着"。翡绿眉拉的变形代表着对权力强暴的持续抗争，化为夜莺的啼叫表示出声音与原本存在疆域的联系，这个声音继续就意味着对生命纯净与本源追寻的不息。

诗歌或者就是这样的声音，它"'吱嘎，吱嘎'给肮脏的耳朵听"。这个声音在这首诗的第三章第二百零四行再次出现：

> 吱吱吱
>
> 唧唧唧唧唧
>
> 这样粗暴地逼迫。
>
> 铁罗[11]。

艾略特接着使用了更多的形象，说明这种追寻的各种状态和追寻者的某种处境。"其它的时间的枯树根／也都在墙上留下印记；瞪着眼睛的形象／伸出着，依靠着，使这紧闭的房间一片寂静。""她的头发／在火星似的小点子中散开／亮成话语，然后是残忍的沉默。"仿佛是对一个时代的映射，固执着追逐像禁锢在墙中的树根，或者偶尔的话语如火星闪烁而灭，世界的房门紧闭一片沉寂。

> 我想我们在老鼠的小径里，
>
> 那里死人甚至失去了他们的残骸。

---

11 铁罗就是那位强暴国王之名。注释表明又与英国剧作家约翰·李尔的《开姆帕斯渡》中诗句有关："噢那是遭到奸污的夜莺／唧唧唧唧，铁罗，她叫道……"（铁罗即铁罗斯，省去"斯"音）

接近绝望的隐喻烙有现代主义对现实存在终极拷打的印痕，需要注意诗人在第三章延续了这一象征性的描述。回到这一句诗的上下文本，诗人连续在表达着对那种声音的期待：" '……跟我说话。为什么你从不说话。说啊。……' " " '什么声音？' / 门下的风。/ '现在又是什么声音？风在干什么？' / 没什么，还是没什么。"失去了那种声音犹如失去希望，甚至于 " '……我从不知道你在想什么。想吧。' " 停止思想，连沉默都只是空壳。诗歌所表达出的已是令人窒息的渴望。

接下去的诗句率直向陷于无知、黑暗与遗忘中的人发出质问，" '是否 / 你什么也不知道？什么也看不见？什么也 / 记不住？' " 这就是构成存在之荒芜的人，" '你是活，还是死？你的头脑里空无一物？' " 非常有趣的是诗歌在这一句之后的一个转折：

但

噢噢噢噢那莎士比亚式的破烂——

它是如此优雅

如此聪明

……

我们来玩一盘棋，

按着没有眼皮的眼睛，等待那一下敲门声音。

"莎士比亚式的破烂"被解释为爵士音乐，这种现代音乐透现出优雅的不安。"我们来玩一盘棋"，则表明接受现实生存挑战的立场。弈棋喻示着某种预谋与计划及其执行，这不是某个人的谋划与计算，是他在世界的一场谋略，推延至人类文明的开端（诗歌中伊甸园的能指），欲念与智力同时被激活的时刻。这就是所谓历史，人一开始就被这样设计了，一直为欲望而耗费智能。但人的另一面也一直在抗拒，在追寻某种自由与精神上的自主，这是与这个世界弈棋的另一方，从这个地方开始弈棋真正成为对弈。

　　这是思想与认知之战，自我与他在之战，需要谋划、智慧、取胜的愿望与决绝的姿态。第一步就从等待那个声音开始；而它不在他处，它必定据于本我实在之境，在荒原的现实之外。"没有眼皮的眼睛"指失去睡眠，因此也失却梦思的生存境况，"按住"即获取梦境之意。此章尾节在记述某个人的具体生活环节中间，一再插入"请快一点时间到了"的警句，表示所有现实中的人都不应该再延误，起码要重新延续那个追寻。同时，诗歌在此加快了节奏。

　　"火的布道"开头两句是这样的："河的帐篷支离破碎，最后的手指般的树叶／紧握，伸进潮湿的河岸"，这表明了在时间中去感受。时间的持续性或指向生命难以改观的轮回，因而需要象征毁灭与中止的火的出现。但河流又另有所指，它时而是想象所在，"河流没有带来空瓶子，三明治纸，/丝手帕，硬板合，烟蒂头/或者夏夜的其它痕迹"，如此纯净。在此逗留的是流放者的形象，"在莱门河畔我坐下哭泣……"，据注释，诗句出自颂诗中大卫王描述流放中的希伯来人于巴比伦河畔坐下哭泣的场景，而其渴望回归的家园已成梦境。流放者是被放逐者，他将如何歌吟？

被流放也是人类生存的写照，人一开始就在成为他者，所谓人生活在他乡。以拉康的方式来表述，主体总是"通过把自己引渡到并非自身之所的其他场所，才开始看到它的诞生"[12]。引渡与流放的形态如此接近与相似，它导致了拉康哲学中本我无尽的回望之旅，亦构成了现代主义原本家园的设置。在《荒原》中，流放的境遇因此也是事实的他在之境，"但在我的背后，一阵冷风中我听到/骨头咯咯作响，并咧着嘴大笑。/一只老鼠无声地爬过草地/在河岸上拖着它粘湿的肚皮"。所以接下来的描述更加靠近一个真实诗人的图像：

　　　　我正在这条沉闷的运河里钓鱼，

_____

12　[日]福原泰平：《拉康——镜像阶段》，王小峰、李濯凡译，河北教育出版社，2002，第133页。

沉思着国王我兄弟的沉船

　　沉思着在他以前的国王，我父亲的死亡。

　　这段诗句引用了莎士比亚《暴风雨》中的场景，指在乏味的时光流逝中期望思考的收获。关于生存与历史，取代欲望的总是死亡的意象，每一代的存在都是如此，或者说时间所提供的就是这些。

　　紧接着诗歌再次使用了典故，波特夫人和她女儿的洗脚仪式或许是徒劳的，重要的是"这些孩子们的声音，在教堂尖顶下歌唱"，它与前面曾经叙述到的夜莺的叫声联结。

　　接下去的诗中，铁瑞西斯形象的呈示值得关注。原注指出铁瑞西斯是个旁观者，是诗歌中通贯全篇的一个存在。他"虽然失明"，这可以联系到古希腊神话里俄狄浦斯通过惩罚自己让自己盲目，从而得以目击原初的景象，回归或消失于不在之在的圣地。针对充溢视觉诱惑与不堪景象的现实世界，让自己无所见才能有真见。其次，他将两性融于一体，消除了欲望的外向性，只需要回望自身。所谓"铁瑞西斯看见的，实际上是这首诗的本体"，应当说是诗所追寻的颠覆现实图像的现代主义的存在本真。

　　"当人肉发动机等待着，／就象一辆出租汽车微微颤动地等待着时"，艾略特写道。他几乎直接切入了结构精神分析学关于欲望的性驱力的表达范畴，而且这样生动。这时候"我，铁瑞西斯"介入诗歌意象的构造，这个"有着皱纹的女性乳房的老男人，可以看到 / 在暮色黯蓝中，人们努力回家的 / 黄昏时刻，水手从海上带回家的时刻"。聚集于性的欲望驱动下的原动力就不再是迷惑于外部对象的一种骚乱，而是返回本我的发现。黄昏时刻，回家的时刻，具有了根本的含义。

有趣味的是诗人在下面展开的对一个打字员回家状态的叙述，几乎是写实的，并且有一个具体的过程。当然我们仍然必须将之看作是一种象征性质的书写，实际上艾略特诗歌中的确时而出现对日常生活图景的陈述，一方面用以凸现生存现实的浮华与荒谬，直至突出背离的急迫性。如齐泽克所言，"在我们的日常生存中，我们沉浸于'现实'之中（"现实"是由幻象构造与支撑的），……我们心灵的另一个层面，也是被压抑的层面，正在抵制我们，使我们无法沉浸于'现实'。"（齐泽克所以指出现实本身［某种程度］是由幻象构造，说明沉湎于现实可能正是沉于自己对现实的幻觉中，并会由此感受不到现实的他在性与压制等。尤其在消费时代，"我们的日常生活已经虚拟化。"[13]）

---

13 ［斯洛文尼亚］斯拉沃热·齐泽克：《欢迎来到实在界这个大荒漠》，季广茂译，译林出版社，2015，第17—18页。

另一方面，在于书写物象的普遍性，它们确实是诗歌所乐于去描绘的复杂能指。如诗人在场面描述中插入写道，"看到了这一幕，预言了其余的——"。诗中那个女打字员在一番欲望的尝试后，

> 她的大脑听任一个刚成一半的思想通过：
> "好吧，这件事是干了；我高兴它算完了。"

接着，

> 她以机械的手抚平她的头发，
> 又在留声机上放上一张唱片。

"这音乐在水面上爬过我的身"。

就在具体的叙述中，诗歌完成了巨大的含义上的转折；而在同时，一个具体人物的生活经历与知觉的重构就是全部人的。其实艾略特诗歌在这方面的手法应该是自觉的，他曾引用但丁《神曲·地狱篇》的诗句"当我们人生之旅的中途，／我迷失在幽暗的树林里，／再也找不到笔直的道路"，来说明诗歌处理的具体材料会具有普遍的人性。[14]

---

14 ［英］T.S.艾略特：《艾略特诗学文集》，王恩衷编译，国际文化出版公司，1989，第75页。

这样就可以去更广阔地审视与体会了，这一段诗句突然变得短促，但呈现的场景十分辽阔。其物象有石油、驳船、红帆、漂流的巨木、波浪、钟声、白塔，还有电车、尘土满身的树、马该沙滩、肮脏的手和折断的指甲等，构成了诸种事物、包括爱念与仇恨等的时间或历史的图像。终于诗人不无快意地写出："la la/ 然后我到迦太基来了 // 燃烧，燃烧，燃烧，燃烧"。可以说，《荒原》这首诗到此已完成对存在认知的全面建构，接下去就是对于这个世界的进一步考虑了。值得注意的是诗人在这个位置附加进圣奥古士丁《自陈录》中的句子，"啊，主，你拔我出来"，原句之前还有"因为这些外在的美扰乱了我的步伐"。诗歌中现实生存之荒原景象的图构当然不是唯美的，然而展现的存在到底仍然生动与壮观，仍然必须指出其荒废与死亡的实质。必须燃烧，而后有全新的铺展，这就是现代主义的无意识幻象与其建造的原则。

《荒原》第四章：水里的死亡；第五章：雷霆所说的

《荒原》充满联想，诸多神话与经典言语的引用及其想象铺展构成了艾略特式复杂的诗歌语系。这种联想方法犹若结构主义文本组织中的共时性建造，并且波及的不只是零散的词语，而是人类记忆体系中那些尤其值得注目的话语片段。对于联想中喻象的使用，艾略特则指出这"不是对比喻内容单纯的阐释，而是思想快速联想的发展"，其关联"并非含蓄在第一个形象里，而是由诗人强加于此形象"。[15] 这里突出了诗人在诗歌联想关系建构中的主观能动，亦指明联想隐喻最终应当构成一种思想。

"水里的死亡"即是如此，这是短促的一章，共十行诗，描述了"弗莱巴斯，那个腓尼基人"在海洋上死亡的状态以及对这个死亡的虚无主义评判。所谓虚无主义指诗句在此表现出对于生存与时间的一种虚幻态度，当诗人描绘了一个死者，然后对依然活着的人们说"想一想弗莱巴斯，他当年曾和你一样漂亮高大"，可能的确嘲弄了生命过程的意义。然而我们必须把这一章置于全诗中来理解，考虑到现代主义的诗歌想象永远具有充分的对现实的质疑，以及对存在虚幻的指证，此处对生存的虚无所指就与对现实的批判立场不可分割。

在原注释中，我比较同意那种"可能性较大的论点"，"即弗莱巴斯代表着主要说话人想遗忘一切的冲动"：

　　　　……死了两个星期

15　［英］T.S.艾略特：《艾略特诗学文集》，王恩衷编译，国际文化出版公司，1989，第 26 页。

忘记了海鸥的啼叫，汪洋的巨浪

和一切利害得失。

海底的一股潮流

在悄声剔净他的尸骨……

而将死者放置于海面，指向了生存与死亡与水亦即与时间的关联。海洋仍然是水，是时间，但不再是朝一个方向流动的形态。因此死亡仍然并没有失去时间，它只是摆脱了那种具体的有边际的方式。死亡只是拒绝了那些具体的话语，指出其曾经经历事物在流动时间中的虚幻性质，有助于挣脱那种烦琐的困束。

第五章题为"雷霆所说的"，或许表明这一章是纯粹的表述，对存在与世界的摹写至此结束。第四章关于死亡与海洋的展示仿佛对此做出预告，或者犹如置身于繁杂俗世与精神莽原的一场跋涉至于终极，现在需要转过身来宣示。诗歌原注中将"雷霆之声"与佛教关联，喻示天国的声音，这仍然是将存在的真与完善及其话语的源头设置在不可能的终极处。而其中有诗句写道："于是雷霆说了话"，就表明是在转述。雷霆亦与某种无比强大的力量相关，其声音巨大光线耀眼，对处于迷茫的世人具有震醒之意。

所以此章开始就引出了神的形象，也直接暗示了雷

霆的话语与信仰或者精神觉悟的关系。但这种精神觉悟
未必印证于传统宗教，"上帝死了"已是现代主义经历过
的话语："他曾是活的现在已死。"现在更确切的问题是
"我们曾是活的现在已死"，我们面临的是生命存在意义
上的荒芜："这里没水只有岩石"。水是滋润或者直接就
是构成生命实在的那样一种存在的象征，它容纳于现代
主义的思索范畴，因此诗歌中这样表达：

　　如果有水我们会停下畅饮

　　在岩石中人们不能停下或者思想

　　后者正是诗人所担忧，并在此前着力描摹又在此处
给出警示的状态。诗歌中接下来所写的："山中甚至没有
宁静 / 只是没雨的，干枯的雷霆 / 山中甚至没有孤寂 /
只是阴沉通红的脸庞在嘲笑与嚎叫"，我们在阅读中体会
到了这样内心枯竭的，以及由外部事实世界导致的明确
的愤怒。有意味的是诗人试着给出相反的情况，"如果有
水 / …… / 那里蜂鸟族的画眉在松树里歌唱 / …… / 可是
没有水"，当然问题不是这样简单解决的。

　　现代主义对终极层面的追寻当然不是传统信仰意义
上的顿悟，它并不需要建立起一个让人盲目崇拜的宗教，
准确的含义上讲它是知识阶层深入思考的一种形态。它

仍然带有启蒙的色彩，但更植根于个人独立的认知与思索。"那老走在你旁边的第三个人是谁？／当我数时，只有你我二人在一起／但当我远眺前面那条白色的路／总有另外一个人在你身旁"，这一段诗句有两个层面的解释，从直接的意指看，仿佛荒原的跋涉导致疲累而出现了幻觉；原注说明是一群探险家在筋疲力尽时产生多一个队员的错觉。隐喻性的指向自然是思考所获得的指引，从而被图解为指引者。

对于更多数的人群来说，现代主义的思想者们（包括诗人）也就是指引者。即使人们走上了追寻之路，整体的状况只能是这样的："天空中什么声音高高回响／……／那些戴着头巾，在／无际的平原上蜂拥，在裂开的／只有扁平的地平线环绕的土地上跌撞的人群是谁"。人们似乎已闻声而动，而未及充入思想的人群是无目的的群体；他们在失去过往的记忆，也不知道前行会有什么。"耶路撒冷雅典亚历山大／维也纳伦敦"，表明整个世界尽皆如此。而对于思想者这群可以理解为寻求圣杯的武士，此刻如进入"危险之堂",[16]针对原初欲望的古老诱惑之声仍清晰可闻："一个女人拉紧她长长的乌发，／在这些弦上拨着她低低的音乐"。不过这似乎是能够陷探求者于绝境的最

16　此意根据诗歌翻译的注释解读，参见［英］T.S.艾略特《四个四重奏》，裘小龙译，漓江出版社，1985，第93页。

后引诱，并且已失去往日的效用，其缘由在于雷霆的语声已然高昂。

"唯有一只公鸡站在屋脊上 /……/ 刷地一道闪电。然后一阵潮湿的风 / 带来了雨 //……于是雷霆说了话"。我们须要领略，现代主义号角的影响不仅是宣告某个黎明与抨击黑夜（暗），重要的是它蕴含着思想，提供给人们一整套全新的话语。相应的就是整个世界的期待与等候，"等待着雨，黑色的云 / 远远地聚集在喜马方特山上 / 丛林蹲着，在寂静中弓着背"。诗句让我们体会到由自然的描述所勾勒出的精神的紧张程度，我尤其喜欢这种视觉性的寓意丰厚的描绘。这使我不由想到波德莱尔《信天翁》里的绘写，"这些笨拙而羞怯的碧空之王，/ 就把又大又白的翅膀，多么可怜，/ 像双桨一样垂在它们的身旁。"[17] 因为诗歌不过是由语言给予的想象世界，全部的效果就在幻象中累积与收藏。

思想意味着生命重启或得以开启，对于每个人的存在，它是开启的器具。而真实的含义是，重启可能意指生命的重构，因为并没有实指性的那座监狱及其脱离，自由的获得其实是存在者性质的转换。钥匙的象征性浓郁，监狱是这一联想的延伸。"我听到那把钥匙 / 在门锁

17　[法] 波德莱尔：《恶之花选》，钱春绮译，人民文学出版社，1987，第11页。

里转了一下，仅仅转了一下"，诗人在原注中说明用典出自《神曲·地狱篇》第三十三节四十六行："我听到下面那可怕的塔门／正在锁上"，它喻指锁住生命的锁。然而重点在那把钥匙，"我们想着这钥匙，牢房里的每个人／想着这钥匙，每人守着一座监狱"。钥匙是开启的力量以及开启本身，第二层含义原注中亦有提示，即每一个人都是独特的与个人的，每个人的监狱是这个人原来的自我。这里钥匙"转了一下"应该是开启的声音，随后的诗句表示着突破封闭的门锁，犹若影像中场景切换，存在已是另一番境地：大海的景象。所谓"海是平静的，你的心也会愉快地／作出反应"。

> 我坐在岸上
>
> 钓鱼，背后一片荒芜的平原
>
> 我是否至少将我的田地收拾好？

这是诗歌最后一节的开头，我注意到诗人沉静出场的景物关联和语言节奏。首先荒原已置于身后，居于海岸的诗人本身是沉思者，面对的是无尽的海水，或者自由思维的境界。此刻前景似已明朗，但这才是开始，而非结束。所以才有誓死追寻的意象翡绿眉拉的燕子重现，经历了荒原收获的思想之境，是新一轮航行的界域。对

于新思想的主体，相当于又一次疯狂，但也会出人意料
的平安[18]。

艾略特曾一再提到诗歌中的丰富性，他举出但丁、
莎士比亚、歌德等的创作，认为其语言世界的宏博，无
论描述、想象与批判涉及神学、政治、道德诸范畴，我
想《荒原》正是这样一首丰富而且复杂的诗作。我还认
为《荒原》中的哲学认识或哲学性想象尤其需要加以关
注，甚至就是这一点确立了它其他诗作无法比肩的诗歌
价值。它表明了诗歌与思想与智慧的关联，而且确实这
一"智慧是在比逻辑陈叙更深的层次上传递的"[19]，哲学的
智慧完全转化为诗歌的语言机能，基于无可扼制的广阔
又繁复的想象能指的精心组构与集合流淌。

---

18 全诗的结尾句是"Shantih Shantih Shantih"，诗人原注这是某一优波尼沙
士经文的结语，应当译为"出人意外的平安"。

19 ［英］T.S.艾略特：《艾略特诗学文集》，王恩衷编译，国际文化出版公
司，1989，第281页。

继续特德·休斯的诗歌语象

对于西方现代诗歌，我最看重艾略特，而最喜欢的是特德·休斯。所谓喜欢，是写作气质上的认同，以及诗歌语言操作上的心领神会与不谋而合，这包括词语的抉择、排列与节奏，某一类意象的呈现与其语境的构建等。

特德·休斯被认为是二战后英国最重要的诗人之一，其在中国，更多的情况下是作为美国自白派女诗人西尔维娅·普拉斯的丈夫为人所知，我却是一开始就被他独具个性的诗作吸引。并且无可讳言，他的诗歌风格某种程度上直接影响与引导了我在二十世纪八九十年代的诗写作，甚至延续至今。

从后结构的语系看，特德·休斯描述动物的诗作无疑是诗人无意识域所溢出的锐利幻象构造。如果说事物（存在）就是语言[1]，一些词语就构成某种倾向性的想象场或其景色。特德·休斯的冷峻、暗沉同时又显硬派，正是我所喜爱的风格和境界。《栖鹰》的第一节——

---

[1] 就人的认知与表述而言，存在相当于（也只能是）语言。相关论述可参阅雅克·拉康《精神分析学中的言语和语言的作用和领域》（《拉康选集》，（上海三联书店，2001）及其他结构主义思想论著。

我坐在树的顶端，双目紧闭。

一动不动，在我钩形的头和爪之间

没有虚假的梦：

睡眠中，我演习完美的弑杀与吞食。

需要注意的是，诗中以鹰为第一人称来主动陈述，表明诗想象图构的主宰或控制万物者（诗的第三节：我两爪紧扣在粗糙的树枝上。／用尽天地万物，／才造出我的爪，我的每一根羽毛，／现在我把万物攥在爪中），并非人们熟习的对某种外在力量的象征与指说。"我"与鹰在意象上的叠合，可辨识的是针对诗人想象中主体图像的诸方面特征，它所显现的乃诗人无意识驱动下与外部世界抗拒的一种梦幻，是重新整理人与物之间关联（控制或被控制，对个体生命存在与他在世界关系的颠覆）的妄想式自我观照。

栖鹰确实是现实中的物或一种生物，在诗歌中它移位为想象性言语的物象或语象。这种移位几乎不露痕迹，因为它保留了实物的各种特征，同时它恰好与无意识之"我"的欲念写照切合。这就是"在真实与梦魇间保持着平衡"[2]的一种诗学的奇美状态。

2　王家新、唐晓渡编选：《外国二十世纪纯抒情诗精华》，作家出版社，1992，第151页。

必须注意诗句冷静陈述中的强烈主观性介入，事实
上现实世界鹰的物语在前面诗节中已经体现出随心所欲
的态势：

　　　　高大的树林多么方便！
　　　　空气的浮力和太阳光线
　　　　是我的优势；
　　　　大地仰起面孔受我检阅。
　　　　（第二节）

　　　　……
　　　　我的躯体内没有诡辩：
　　　　我的方式是撕掉所有的头颅——
　　　　（第四节）

　　"撕掉所有的头颅"意指主体存在的唯一性。在事实
中主体总归是相对的，人的实在（无意识）领域的幻想
却与之对抗，它需要确定唯一。或者说在现实生存中，
一个人总是由外部世界的语言界定的，个体不过是那些
话语所构造出亿万中的一个；而在一个主体的诗性想象
或梦语里，应该是我规定世界，我不在世界也就消失了。
相对于现实生存中的不由自主，诗歌的强劲妄想不失为

一种有效的抵抗，而如诗人的爱人所写与实践的则唯有以死亡欲求存在之完美[3]。

栖鹰作为诗歌创建的意象，它的语言"踪迹"[4]鲜明而又暧昧，它具有梦境确定自我欲望的不确定性，在指向上可以有更多的可能性。然而作为诗人无意识之我的想象所居，栖鹰这一词语及其运行所可能包含的向度亦非无止境，诗歌的自我塑造界域仍有填充的余地。一个诗人常有某个类型诗作的多次呈现，他需要通过意象层的多方位拓展，从而获得幻象建构的全面性或更具丰富的可理解性，并且满足意指上的补充与延展以及修正的需求。

《嚎叫的狼群》对于进一步理解特德·休斯主体语象的构建旨意相当重要，这首诗的开头"在世界之外。/它们拖长的嚎声消失在寂静的空中"，指明了狼群这一言语的起点和其内在的驱力所在，它们（包括其行为与处境描述）是在现实（世界）之外的一种创造。一首诗可能是一个物象的进行与组织，而它牵连与导引出愈多的构想、指意及关联语：

3　参读西尔维娅·普拉斯诗作《边缘》首句："这个女人尽善尽美了，/她的死"（《美国自白派诗选》，漓江出版社，1987）。普拉斯1956年与休斯结婚，1963年自杀。

4　此处"踪迹"引用德里达的概念，表示书写突出的对本体性的疏离。相关论述参见雅克·德里达《论文字学》等。

它们在嚎叫什么？

然后是婴儿的哭声，在饥饿的寂静林中

让狼群奔跑起来。

小提琴的乐音，在森林里精致如猫头鹰的耳朵，

让狼群奔跑起来——让钢铁的打击乐器铿锵鸣响，

这之后尚有一些陈述以及推测，"狼群瑟瑟发抖。/……你无法说出那是愤怒或喜悦"，从而形成语言的宽阔场景，充满意指的我的动态世界。此诗末节："狼群必须喂养它们的皮毛。/ 夜雪纷飞，大地吱嘎作响。"前一句指对这个语词物象的维护，皮毛是狼群的初始视觉征象；后一句展现了那个世界具备的广袤性质与奇妙躁动。

我需要继续关注特德·休斯的另外一首《思想的狐狸》，它使这一系列诗歌的主观建造臻于完善。这个隐约显现完整的自我图案由此不是单纯暴力的，不是对他在的暴横世界的简单对峙，它是智慧的某种聚合，是思想本身。鹰的控制是自由的赞歌，人的无意识深处的那种欲望必须释放，它与人原本的缺失创伤弥补紧密攸关。自由是掌控事物而不是被他在之物扼住颈项，这一层面的抗争显而易见，栖鹰的形象因此十分醒目。但问题的存在肯定不止这样单一明确，甚至对立也不是二元性的，

这种状态的展开会像大地一样辽阔与繁杂。狼群嚎叫声音的出现已不那么确切易解，也不是那样统领或遮盖所有其他音响的唯一动静。支配或促使狼群动作（奔跑）的声响，在诗中确实指出的就有婴儿的哭声和小提琴的乐音，在这些微妙声音的促动下，狼群的奔跑才具有某种（所谓钢铁打击乐器鸣响的铿锵语调的）震撼性。

甚至狼群奔跑构筑的图景也不是单纯乐观的，即便一个幻景的建造向纵深地带进展与开阔处铺开，它无法一意按照理想的蓝图完成。不可预知的状况与可能的挫折随时潜伏着，想象的过程有着在行进中遭遇潜在语词的种种机缘。现在可以再次阅读这一段："一片漆黑的死寂，试图看透狼群的眼睛。/……/ 但狼很渺小，所知甚少。// 它们拖着细腿来回奔跑，可怕地呜咽着。"嚎叫转化为呜咽，狼群因此需要养护自己。即使在言语的境界，存在者需要仔细地洞察、体会，具备敏锐的智慧，狐狸于是显出身影："黑夜中，某种 / 更深更远的东西，/ 正蹑入孤寂"。

黑夜与孤寂图写出了前面所述世界之外的所在，当思想的动物出现，这个疆域有了另一种迷人的气氛。"冰凉，如幽黑的雪 / 狐鼻优雅地嗅着细枝，落叶；/ 两眼紧盯着一个瞬间——现在；/ 现在，现在，还是现在"，哲学性的气氛愈益浓郁；狐鼻在黑夜中闪耀谓之幽黑，雪这个词所传导的凉意与纯净及睿智联结在一起。

这首诗的最后几句对于我们的理解至关重要：

它进入头颅的黑洞。

窗外依然无星；挂钟滴嗒作响。

书页上印满文字。

犹如全部这些诗的那个界点（原动力与幻境之间）的揭示，经过（注意对挂钟或时间的描述）全部复杂的场景，它似乎由幻象的黑夜与大地退归头颅。实际上表明它就在此处，它就是思想，是话语本身，是书页上印满的文字。犹如小说中的元叙事，这里完成的是诗歌的元建构。文字的形态只能意味着隐晦踪迹的存在，也为阅读提请了某种努力的必要性。所以退归是提示并非结局，其实远没有结束，这一种幻想与写作方案如语词出现至不断绵延，《马群》《乌鸦的最后据点》《雨中的鹰》以及《风》[5]这类更浩远的事物，都已在充实诗人写作的文本。这就像结构主义学者列维－斯特劳斯对于一类神

---

5 这些诗作与以上论述分析的几首诗见王家新、唐晓渡编选《外国二十世纪纯抒情诗精华》，作家出版社，1992；诗刊社编：《世界抒情诗选（续编）》，春风文艺出版社，1987；《外国文艺》编辑部：《孤独的玫瑰——当代外国抒情诗选》，上海译文出版社，1986；等等。

话不停顿地被讲述出来的解释，一种想象及其所依据的心理结构的表述如果不能毫无缺失，就将会持续地表达下去。而完美的语象创造是个不可能的任务，所有触及的问题（控制与被控制，自由与愤怒，喜悦孤寂时间等）尚未能给予终极解决。

　　我觉得我的诗歌写作某些方面就是特德·休斯这部分幻想方案的一种接续，我不想掩饰我对于特德·休斯这一些诗作的喜爱甚至迷恋，一段时间我沉迷其间。其至相应地由于美国诗人杰弗斯的一首《岩与鹰》，它有着相类似的图像镌刻："这是一个象征，在这里／许多极度悲壮的思想／看到自己的眼睛。"其具象与抽象的良好结合给了我启迪，"鹰的现实主义的眼睛和行动／结合了岩石／／魁伟厚实的神秘主义"，我因此也喜欢上杰弗斯。相较于特德·休斯的更为纯粹的物象描绘和语言构成的冷峻嶙峋，杰弗斯没有完全地隐藏住自己的情绪，如他的《爱野天鹅》："——这世界的野天鹅不会让人猎获，／比你好的子弹打不中那白胸脯／比你好的镜子在这火中也会破碎"。

　　二十世纪八十年代中期至九十年代，我也写下了多首动物语象的诗，并产生一定影响。如《猫头鹰》《黑鹰》《灰色鲨鱼》《犀牛走动》《大鲸》等，其中几首诗被选入多种诗选，亦有被译至国外[6]。诗歌评论家叶橹先生曾以"强者：毁灭的方式"为题，详尽地评析了我的《灰色鲨鱼》和《大鲸》[7]。我现今意识到的尚有与特德·休斯诗歌近似的意象组构形态，包括语词的节奏，词语间静谧状态的深度关联，价值意念的共同趋向与复杂感受。如对隐秘的强大主体的向往，摆脱他者控制的自由状态，孤独的自如及其悲剧感。也许后一项是我附加的体会与追寻，有所区别的生存现实造就不尽一致的回应。而以一类强硬的动物幻象纵情书写自我的妄念及其梦境，对抗现实中的诸多平庸与无奈，这就导致了一种诗形态上的共鸣与共识的形成。所以在写作中致力动物形象尽量具体的叙述，突出其行为特征及采取碎片式的叙事，以此构成一种意指的场景。它们间肯定有着某种相似的神情，这里以《灰色鲨鱼》作为比较：

---

6 见章亚昕、耿建华编《中国现代朦胧诗赏析》，花城出版社，1988；徐荣街、徐瑞岳主编：《古今中外朦胧诗鉴赏辞典》，中州古籍出版社，1990；谢冕、唐晓渡主编《以梦为马·新生代诗卷》，北京师范大学出版社，1993；唐晓渡、张清华编选：《当代先锋诗三十年：谱系与典藏》，江苏文艺出版社，2012；钱理群、洪子诚主编：《诗歌读本·高中卷》，广西师范大学出版社，2010；[日]秋吉久纪夫《精选中国现代诗集》，日本星期六美术社，1994；等。

7 叶橹：《强者：毁灭的方式——南野〈灰色鲨鱼〉和〈大鲸〉赏析》，《名作欣赏》1996年第4期。

大海里游动着所有的鱼，甚至
最微不足道的鱼

而这一条鲨鱼搁浅在发黄的沙滩
海潮阴险地退去了。赶海的人围过来

迫不及待地，他们用木桨击它的头，卖劲地
踢它乳白色柔软的腹部。哦

这是什么样的仇恨
大人和孩子们一样随意扔着乱糟糟的喊叫和笑声

一种莫名的心满意足喧嚣着，或者
是一种得以凌辱强者的自发仪式
一群海鸥掠过，扑向海面

我的视野倏然缩成一个圆圈

鲨鱼，这使人敬畏的
大海忧郁的王者，波涛牧场的主人

它不曾学会海豚的世故，它的尾鳍
钢铁般又冷又硬

这会，由于阳光的直射，它的皮肤

开始打皱

它的传为神奇的大口

痛苦疲惫地张开着，它的

冻结的泪珠闪着蓝光。这一切都好像荒诞不经

没有一点动静，却仍然犀利嘹亮

如一个摇曳的象征。因此

鲨鱼没有死，它表面上停止

在碧绿耀眼的海水前面

一道大地般沉着的灰色，有一刹那的

温柔

　　诗中鲨鱼的主体妄想性质和镜像效应都一目了然。作为早期之作，它在构造上仍略显过于纯净简扼，也许我太过关注物象所依据的时空范畴与其事件逻辑，结果图绘出这般有明显时间与空间约制的相对单纯的画面。

　　近两年我一直在写作一部暂名为"老虎的残骸"的诗卷，其中核心的一首诗就是《老虎的残骸》：

我想我逼近了一只老虎。它的牙齿断裂了

它的嘴张开，但没有吼叫

它的头颅炸开，其中的思想已成空洞。仿佛子弹扫过

它的身体破碎。我找不到那强健的四肢和长尾

产生疑惑。它像被鳄鱼在烂泥里撕开的那种巨兽

像一条狗被撞烂在街头，像甲虫被踩过

它的灿烂的外表有血肉模糊的炫丽与昏暗

像一个愤怒的孩子描绘的暴风景色

我联想到那些笔画缭乱的森林与乌云

这就是我深夜起床，于黑暗中撞上的一个景象

    我爆发出一阵激烈的嘶啸

    但全然没有声音

    我想情况有了相当程度的改观，我已不再单纯也不像原来那样清晰。但仿佛特德·休斯的诗歌语境再次向我发出邀约，我仍然一再地在触及当初的幻象动机，重新陷入那种语象的旋舞。关于"老虎的残骸"这个意象，我以之提示当下生存的某种真实，即丧失了自由与权利的相当于死亡的破败状态。同时它又是自由想象的写照，是对生命原本空无的剧痛描述。

我一向不无偏颇地认为中国现代诗写作更为有效的资源是外国诗歌，特别是西方现当代诗歌及其相应的思想依据。当下诗歌的建造自然与现代工业及后工业社会的幻想遭遇，而中国传统诗歌则与农耕时代及官僚等级体制密切关联（古代诗人的焦虑大多限制于体制中上升的挫折，表述为济天下的宏大话语暨士大夫梦想）。现代人的恐惧与想象肯定更多与无意识的欲望，与个体自由及其丧失的可能情景有关，在这一点上传统诗歌确实已显得脱节。现代性与后现代言语固然亦存在种种局限，但的确促动了精神的历险与寻求。在眼下传统机制与其思维语境仍具普遍性的情景下，某些对西方文化（包括诗歌）误读的论点倒可能不过是一种生存策略。

坦率地讲，我不认同曾经探索的诗人圈子内近些年时而冒出的回归传统见解，以及先锋诗经典化后沉湎于某些表演的情态。这种戏剧性历史场面的出现，我想不仅仅是话语资源的争论或者诸多误读的缘由。在此我只想指出一些诗人的观念非常混乱，他们都没有理清传统与现代及其关系，譬如一会感叹责备碎片化，一会又设定在传统的立场去批判一体化，似乎古代社会倒是个性主义与多元理念的。[8]

8　所及论点出处可参见诗人于坚等近年的相关文章。

回到特德·休斯的诗歌，要说明的是以上解读所涉及的文本，我使用了收于王家新、唐晓渡所编《外国二十世纪纯抒情诗精华》中西蒙的译作。诗刊社编《世界抒情诗选（续编）》收的同样几首诗是袁可嘉所译，比较其《栖息着的鹰》第一节：“我坐在树的顶端，把眼睛闭上。／一动也不动，在我弯弯的脑袋／和弯弯的脚爪间没有弄虚作假的梦，／也不在睡眠中排演完美的捕杀或吃什么。”显然西蒙的译作语言更平实也更准确，以重复两次“弯弯的”比较“钩形的”来修饰鹰的头颅与脚爪，前者可能更具中国民间陈述的温情意味，但后者更符合诗作冷静锐利的格调。这一点“吃什么”与“吞食”相比更加明显，书面语的准确性和语言的锋芒绝对压制住口语。还有“虚假”与“弄虚作假”之别，后者是一个中国成语式的词组，说明译者试图让译作更靠近汉诗的语态，其结果最起码拖延了这首诗应有的节奏感。更何况在特德·休斯此处的思维中，单就对梦的修辞而言，应该并没有那层主观意愿掺入。

后　记

　　2012 年我出版了《结构精神分析学的电影哲学话语》一书后，就准备全面地回到诗歌写作中来。但我发现我的语言感觉很大程度上仍然滞留在学理的范畴，在话语层面上它依然执着于精确的陈述与推理逻辑。我需要尽可能地恢复诗言语能指的具象生动与隐喻的丰厚度，以及断句和组词的那种诗独有的结构功能与节奏律动。直到 2014 年，我有一段时间闲余在读瑞典作家亨宁·曼凯尔的犯罪小说，其对小说人物情态和自然景态刻画的那种具有宽阔苍凉意味的笔触吸引了我，让我不时有深入语词之境的冲动。其时我开始写《海岸与暴风》这组诗，有了自己的诗歌语感归来的知觉状态。次年写出《老虎的残骸》一诗时，我想我可以像一头老狮子继续漫步诗歌这一片莽原了，并且这是更为纯粹的重新阅读与书写的地域。当然，这也就是我熟悉的一直不无新意的简单的生存与生活构图。

　　本书择选出 2014 年之后的诗作约 150 首（主要为短诗），并收录两篇对现代诗歌经典重读的文章。总体看，《老虎的残骸》和《语言繁华》是系列性的诗歌短章，《黑猫公园》是长组诗或相当于一个长诗。全书分为三卷，第一卷《老虎的残骸》包含"书写幻象"等几个区域，基本写于 2014 至 2017 年。我想这部分诗作主要提示了当下生存的某种真实，它又是我作为一个诗写作者尽可能的自由想象的写照，并力图容纳进一些哲学性质的广阔描述与体验。

2017 年开始，我的写作趋向缓慢而倾注。我感觉到了词语想象和沉思在某一方面的双重活跃，到 2019 年我已陆续写下了《黑猫公园》共 12 章。对于这首或这组诗所涉及的自由主题，在诗作前言已指明它应被理解和表述为哲学的问题，同时与无意识的幻象建立起充分关联。黑猫公园因此图写出的是一个美学物语，充溢着艺术本身或语言性的困惑和无解之谜，但不乏语境生动之美和言语的快感。在探寻这样一个具体概念（或存在物）的过程里，我发现我的写作实际上陷进了哈姆雷特式的迷局。一个开始时明确的探求目标，在寻觅解析中变得繁杂庞大和模糊，甚至更加抽象，其进展就像哈姆雷特剧由明晰的复仇线索逐渐走向暧昧的哲学性思考，由确定的行动转为独白式的犹疑不决。因而在此诗歌的语言场景中，我似乎在搜寻，又仿佛在建构，却一直似乎在回旋往返，几乎陷于幻想式公园的迷境。

第三卷《语言繁华》从 2018 年开始持续在写，可以说是一系列的抒情短作深入现代城市生存景态的复杂意味的探寻与刻画。实际上我喜欢与沉陷于都市的生存现实与其语式，高楼林立与道路纵横，人群来往不绝，无从确定其目的地，相互陌生却提供着安全感与某个层面的自由形态。每一个具体人生都有可能凸现出和刻印下某些事件或某些词，某些场景和一类句型，直至某些幻象及其繁复语境。在我就譬如沉默者、哀伤之容、大厦的暗影、低吼的河流、酒精中毒、控制的欲望、疾病疼痛与药物、纷繁的娱乐、动物园、高速运动的列车和疲惫感十足的卡车、残破的老虎狮子和孤鹰、守望于路口的学者般的乌鸦以及具有美学意义的猫，诗歌无疑是一种个体烙印深刻的话语重构与重述。我亦以此为抒情。

对于我的这一些诗歌，有读者读后称之为"悲怆写实"，确切地说就是这样主观的悲怆写实。我的诗写作认可的是一种知识优雅的后现代风格，形式感、拼贴、结构与暧昧、不确定性，无本体与非使命感，显然的都市话语与场景。对此我期许直接越过传统田园牧歌式的书写，无论就记录或创制而言。我亦确实企图构制或者说维持生存图景的复杂和暧昧性，在诗歌中我普遍地倾向于哲学意味的沉思与感伤，然而我拒绝提供任何确定性的人生哲理。我期望创建融有哲学质地的独特风格的语象，对语言与其结构有充分的使用和拓展，能够以灵动的词句切入与展示存在的芜杂片段。期望想象愈加开阔，构造出奇异而又质朴且从容沉郁的语境风格，将思想的深刻与表述的幻美平衡结合。

本书附录所收两篇读诗的文章，是我以后结构范畴的美学理念重新读解经典现代诗的一个尝试。同时也呈现了我眼下所持的诗歌观念，其中一文亦涉及对我自身写作的些许溯源和写作方式的稍许解析。

感谢选择了诗歌的读者，感谢诗想者的支持，所以选择之，因为它出版书籍认真而且漂亮。

南　野

2020 年 7 月杭州草庄